U0115964

中華文化思想叢書

# 陸宗達文字學講義

陸宗達　著　郁亞馨、趙芳　整理

# 目次

# 前言

　　本書系語言學家、北京師範大學教授陸宗達先生（1905-1988）於一九五七年為我班（中文系第一期漢語研究班）講授的文字學講義（筆記）。

　　先生是黃侃的弟子，一生致力於《說文解字》的研究，師承章炳麟（太炎）、黃侃（季剛）之學說，師古不泥古，創新不畔（通叛）規，在繼承的基礎上予以發揚光大。

　　本書充分地體現了先生學識之博大精深。書中觀點明確趨新，資料豐富精闢，求證翔實可靠。每一例證，先生都經過反覆推敲，考以聲韻，徵之以經典文獻，匯通古今文字，甚至旁綜方言土語。本書可謂語言文獻學中之瑰寶，彌足珍貴。

　　至於先生為何以十四卷下為教材藍本之一，現已無方解惑，然而，先生運用「攻其一點，以及其餘，舉一反三」之教學內容及方法，引導學生攻研《說文》，則是顯而易見、毋庸置疑的。

　　先生在二十世紀八〇年代曾出版過《說文解字通論》、《訓詁簡論》、《訓詁研究》等著作，來哲請參閱。《訓詁學簡論》出版拖延長達五年，先生在課堂上長歎一聲，「若早知道這麼長時間（才出版），我又可以多寫許多內容了！」嗟呼！人已不在，言猶在耳。

　　「附錄」中黎錦熙先生的文章，是五〇年代初在周總理親自關懷下，我國文字改革的三大任務之一——推行中文拼音方案的原始檔案，也是漢語語言史上重要的文獻資料之一。

　　本講義經過校對、整理、編排綱目，確實付出了一番艱苦努力。但因人單勢孤，水準有限，牽強、不盡如人意、訛誤之處，在所難免，希讀者見諒。

郁亞馨

二〇一一年八月

# 第一章
# 緒論

## 第一節　古文字學和《說文解字》不同

### 一　關於鍾鼎文與甲骨文

　　二者可以說是兩個學派，因肯定的對象不同，研究的方法也不同，古文字學研究的對象是鍾鼎文和甲骨文，鍾鼎文的研究始於宋。《說文解字》裏提到，以後也有人提到，應如何解釋。

　　第一，研究鍾鼎文與拓本發明有關，氈（音塔）墨始於六朝，以前沒有氈墨，故鍾鼎流傳不廣。

　　第二，鍾鼎在內閣，民間流傳則沒有。看見鍾鼎的人很少，宋人研究者主要有三人：楊南仲、歐陽修、劉原父。宋有一書叫《籀史》，翟耆年撰，是為了研究文學；劉原父有《先秦古器記》，其研究目的即所謂「禮家明其制度」；宋呂大臨有《考古圖》，其研究目的即所謂「小學明其文字」；薛尚功有《歷代鍾鼎彝器款識法帖》，其目的是為了研究古代歷史。至元、明、清衰落，到清末才有一班人研究，如阮元、吳大澂等繼續研究，後世研究者大多類似宋朝三家。

　　甲骨文的發現是在一八九九年。王懿榮發現從藥店買回的藥中有一味叫「龍骨」的其上有字，這才開始發現甲骨文，詢問藥鋪「龍骨」買來的地點，才知是河南安陽小屯村。後遂收買並加以研究，認為是殷代甲骨文。

　　一九〇〇年八國聯軍侵入北京，王懿榮遇難，劉鶚得王之甲骨

（劉是王的門人，發現甲骨是他們二人），攜至上海後出版《鐵雲藏龜》，共收甲骨一千零五十八片。後來孫詒讓又出《契文舉例》，由此才開始研究甲骨文，證明甲骨文、鍾鼎文是最古的文字，是商周系文字。甲骨文的發現，給殷代補出了好些祖先。

## 二　關於《說文解字》

《說文》研究的對象是歷史的書面語言，所以叫文獻學。我們認為《說文》是說「六經」中收的字，但「六經」以外也有，如《老子》中「蠱」字是用《老子》的話解釋的，還有《墨子》、《楚辭》、《韓非子》、《孟子》、《司馬法》、揚雄的賦等。可見《說文》是漢以前的書面語言的完全採納，因為它根據的書面語言最早的是「六經」，它是靠完整的書面語言來講的。

《說文》研究的方法是為解決語言問題，不是單純研究形體，更重要的是研究字聲和字義。所以章太炎曾反對「文字學」的提法，主張「文字聲音訓詁之學」，因為它是從說話的語言中抽出來的，語言最重要的是講聲音、意義與文字如何結合，因為是解決語言問題，常常是解釋古書。《說文》中，一是文字，一是說解，說解裡除意義和形體外有「讀若」，是許慎給下的讀音，段玉裁說為讀聲。其實有二義：一是讀音；一是說明文字的發展，如「亼」讀若「集」，證明「集」就是「亼」。「乑」讀若「傲」。實則「亼」與「集」、「乑」與「傲」同義，故證明文字的廢興問題。

「斁」：有所治也，讀若「狠」；又「狠」：齧也。《國語》有「狠田」，現分為「墾」、「啃」。「敂」：擊也，讀若「扣」；又「扣」：牽馬也，《論語》有「以杖扣其脛」。說明文字書寫上有變化。

「肍」：熟肉醬，讀若「舊」；「舊」：鳥名，叫「舊鶹」。書面語

言新舊的「舊」亦為「肍」。「肍」書經常寫新舊的「舊」為鳥名的「舊」，《說文》認為新舊的「舊」古為「肍」。

「昔」：本是「答」，以日曬肉，可訓肉，可訓長。「脩」：肉脯、乾肉，可訓長，熟肉醬實際上是臘肉醬，可訓舊。

「厫」：讀若「杜」。

《說文》是由語言中抽象出聲音、意義、形體，結合在一起再去研究的。《說文》的研究歷史很長，歷代對它有所補充。有人反對古文字學，如章太炎《國故論衡》中的「理惑論」，提出很多理由來反對。認為研究古文字學沒多大用，研究之後不能認字。他的學生黃侃認為研究《說文》之後才能研究古文字學，這個道路是正確的。下面還要重點介紹《說文解字》。

# 第二節　《說文解字》是我國語言學史上的一部不朽名著

## 一　介紹《說文解字》

《說文解字》這部文獻學的巨著，係東漢許慎所撰。許慎，字叔重，汝南召陵（今河南漯河市召陵區）人。他為了準確解釋六藝群書，對漢民族語言的文字、聲音、訓詁做了相當科學的研究，編寫了我國語言學史上第一部分析字形、說解字義、辨識聲讀的字典——《說文解字》。這部巨著之問世，為漢民族語言的發展做出了巨大的貢獻。他編書始自和帝永元十二年（100）到安帝建光元年（121），花費了他半生的心血，被譽為「五經無雙許叔重」。他於病中遣其子許沖進上。至於他寫書的目的和內容，許沖在《上〈說文解字〉表》中說得十分清楚：

臣父故太尉南閣祭酒慎，本從達受古學。蓋聖人不空作，皆有依據。今五經之道昭炳光明，而文字者，其本所由生。自《周禮》、《漢律》皆當學六書，貫通其意。恐巧說邪辭使學者疑，慎博問通人，考之於達，作《說文解字》，六藝群書之話皆訓其意，而天地、鬼神、山川、草木、鳥獸、昆蟲、雜物、奇怪、王制、禮儀，世間人事，莫不皆載。

為了對詞義作出準確的解釋，《說文》引六藝群書四十餘種，博問通人引諸家說解三十多種，創立了漢民族風格的語言學。《說文》研究的對象，是周秦的書面語言，研究的內容是文字、聲音、訓詁，所以被稱為「文字聲音訓詁之學」，成為文獻語言學的奠基之作。

在文字方面，《說文》搜集了「文」九千三百五十三字，「重文」一千一百一十六字，共一萬零五百一十六字，並且把這些字分為五百四十部，「分部別居」，「據形繫聯」，成為有系統的編字法。

在訓詁方面，作者曾「博問通人，考之於達」，引用了劉歆、鄭興、杜林、衛宏、班固、徐巡等著名訓詁學者的說法，並在總結漢代訓詁學家成就的基礎上，依據經典名文，仔細揣摩語義，從生動的語言實際中，概括歸納，確定了每個字的解釋，形成了有體系的字義說解。

在聲音方面，首先，《說文》從字義的分析上建立了一整套形聲系統；其次，在字義的解釋上貫徹「聲義相依」的原則，來說明語義的由來。另外，又用「讀若」的方法去注音，在注音中還有意識地闡明了文字的分化和用字的通假。

正是由於《說文》的內容如此豐富，所以有人認為它是「前代未有之書，許君之所獨創……與《史籀篇》、《倉頡篇》、《凡將篇》雜亂無章之體例，不可道里計」（見《說文解字·敘》段玉裁注）。

## 二　段玉裁的《說文解字注》

原為五百卷，後縮成三十卷，艱深難看。

### （一）優點

第一，形義互釋。《說文》解釋一個形體要和意義互相結合起來。「從某」是指形體，「某也」是指意義。意義和形體不是隨便下的，是根據許多書面語言歸納出來的，是從具體語言中抽象出來的。「所」：二斤也，從二斤（十四，上）。這很不簡單。形體是「質」字，係指「斧質」。小徐的音切得對，「質、墊」、「斧、砍」。為什麼叫「質」，其來源無人講過，漢朝張衡講數學「立方曰質」，這可證明是立方形的東西，所以柱子底下的也叫「質」，抵押也是「質」。為什麼從「二斤」，因為「斤」是斧子，最早的寫法是𐅱，後改為𐅯，說文作斤，兩斧相疊為一立方形，是「質」也，故從二斤。所以說「許」是說字，「段」是解釋經典。馮桂芬把所根據的書做了考證，寫成《說文段注考證》。在考證中，有很多很簡單，其實引線很多的字，又段注注意由本義到引申義。

「冣」（ㄐㄩ）：積也；「最」（ㄗㄨㄟˋ）：犯而取也。到六朝時二者合為一個字，「犯而取」的意義，《說文》中取消了，只作「積」解。後來就只有「最」字，漢朝劉歆給揚雄書有「最目」（由多數而總括出來的叫「最目」），這是第一次用「最」字，其意義是由「冣」來的，實係「冣目」。後來「最殿」、「攻槐里好時最」的「最」都係「冣」。「最」：括也。由此產生今天作副詞的「最」，是從大多數中比較來的，講字的形義常由本義講到引申義，這對我們將來講詞義幫助很大。

第二，乾、嘉時期研究語言的方法是音義結合的，戴東原（戴

震）在《轉語二十章序》中有十六字：「疑於義者以聲求之，疑於聲者以義正之。」王念孫的《廣雅疏證・釋大》都是以聲釋義，段注也是如此。

「尗」（尗）：豆也，按形，豆是尗。「尗」，菽也，「尗」段認為是根據聲音演變作訓，漢朝以前吃的「豆」全叫「尗」。《詩經》多說「菽」，到《戰國策》才有「非麥即豆」，《史記》作「非麥而菽」。「俶，淑」善也，透也。《爾雅》「俶」：始也，讀「頭」，與「頭」有關。

第三，研究形體上，反映社會制度，解釋詳盡、扼要。

## （二）缺點

第一，好根據旁的書來引證，改《說文》，但旁的書引證《說文》的文字有時也不足為憑，所以有時改得非常錯誤。如「妃」配省聲、配名，「王」改為「玉」加點。有些引證《說文》的書不一定可靠。如慧琳《一切經音義》一書，引《說文》「變」，其實《說文》無此字（今版有「變」字，卷三下。）。又如呂忱的《字林》也有人叫它《說文》，因此古人所說的《說文》這個名字，不一定是指許氏的《說文》。故此，段氏引其它的書中談到的《說文》時就不免發生錯誤。又如《史篇》原指大篆，《倉頡》原指小篆。揚雄說：「《史篇》莫善於《倉頡》。」（揚雄把二者混為一談）根據這個引證來證明《說文》有毛病，古人常有使引證的東西遷就己意的現象。段注出版後，有「段注說文注修」。

第二，段氏是講古音很著名的人，他發現「支」、「脂」之分別，對古韻有很大貢獻，但他維護十七部韻之說，他不懂什麼是「雙聲」，只限於他的十七部韻，在《說文》中講音的問題有時不對，在利用聲上不及《廣雅疏證》，在詞義變化上雙聲線索比韻部關係大。

　　第三，對於語言整個系統性，沒提到語言學上來，所反映的社會制度是片面的。

## 三　章、黃之學說

### （一）章炳麟

　　章炳麟（1869-1936），號太炎，近代民主革命家、語言學家，著有《新方言》、《文始》、《小敘答問》等。他在著作中，上探語源，下明流變，頗多創獲，對中國語言學的研究和發展做出了極大的貢獻。

　　太炎先生最主要的著作是《文始》，這部著作中所用的研究方法是聲音和意義貫穿起來統率形體。按語言的發展規律來研究，他先定一個語基（語根），先定一個字為語言的根源（初文）。對於語言的發展，他提出：第一是變易，音義相讎謂之變易（讎：同也），這是根據鄭玄的《周禮》注：「資」、「齎」同耳。其字以「齊」、「次」為聲，從「貝」變易（這是指文字由少變多）。第二是孳乳，義自音衍謂之孳乳（衍：變化也）。「孳乳」這個名詞是根據《說文敘》來的：「言孳乳而浸多也。」他假定了許多初文（語根），以音的系統來研究義的變化。以音貫穿意義，用形、音、義相結合的方法（以聲音來貫穿形體和意義），不是零碎的，是有系統的，這比段是進了一大步。

### 1 變易

　　這裏分三部分說。

　　在《說文》中每一部後有「重文」，如「上」可寫為「二、丄、𠄞」；「中」可寫為「𠁩、𠁧、𠁪」，這是第一類，字形有簡單的變化。

　　第二類中現在已不是「重文」了，而《說文》中是「重文」，如

「凝、冰」《說文》中都是「凝」，《說文》的「冰」是「仌」；「求、裘」《說文》中全是皮襖的意思；「抗、杭」《說文》中是一個字，全是「抗」；「鳳、朋、鵬」《說文》中全是「鳳」，現在是三個。（這些是《說文》中已經啟示的「變易」條件，章先生再深入研究）

在《說文》中還有不認為是「重文」的，而實際是重文。最先研究的是王筠《說文釋例》中的一篇文章〈異部重文說〉，如「祘」、「算」、「筭」。到太炎先生更擴大研究，如「天」：顛也，是同聲訓詁，同字為訓；「舄」：䧿也，就是「喜鵲」的「鵲」，這在《說文》中「舄」、「䧿」是重文，（古人將鞋稱「䧿」的原因是鞋是「舄形」）；「彌」：厤也，也認為是重文。太炎先生認為「天」：顛也，也是重文，是根據《易經》「其人天且劓」、《山海經》「刑天」，因此他證明「天」、「顛」是重文，是變易。在《詩經》中「天」念兩個音：一和「人、年」押韻，一和「平」同韻，「頂」、「題」也是和「天」同字，認為是變易的關係。他擴大了重文的範圍，糾正了《說文》的重文。

## 2 孳乳

也是由《說文》擴大出來的。

《說文》中解釋語源也用聲音來解釋，如「鬃」：門內祭先祖所以彷徨。古人祭祀先「索祭」，就是先追索先祖在什麼地方。「鬃」就是「索祭」。先祖常走的地方是「門」，故「門內祭」。《爾雅》稱廟門曰「鬃」。《說文》中孳乳的例子很多，尤其是談到「名目」的時候，追求名字的來源。如「璊」：禾之赤苗謂之「虋」，言璊玉色如之。「禺」：母猴也。「禺」古音猴，「母」大也，馬猴一類。《史記・封禪書》：「木禺龍欒車一駟，木禺車馬一駟。」古時認為「禺」像人，《說文》「偶」：桐人也。「寓」寄也，「禺」像人，故有把真像寄託到那兒

的意思。「遇」：逢也。他說這些是孳乳，意義不全相等但有關聯。

「彑」側狡切（tsǎu），獸的趾叫「爪」，古時的車有蓋，如「瑤」：車蓋玉瑤，「蓋」傘形，形如「彑」，似人的五指伸開。

傘形的是「蓋」，蓋上的股是「瑤」，像人手指叉開之形。

「搔」，搔癢都是很快的，因跳得快的也是，如「蚤」、「騷」繁亂，太炎先生認為這些都是孳乳。

「匚」：受物之器，讀若方。許氏的意思有二：一是方圓之方，一是受物之器，《詩經》注中有「方，有之也」。「匱」，能放東西又是四方形的。古人盛食物之器有兩種：一是「簠」，一是「簋」（ㄍㄨㄟ）。《周禮》注：「方內簠，圓內簋」，《說文》說：「圓內簠，方內簋」，前人還有「外圓內方，外方內圓」等解釋，章認為與古人「方」和「圓」的概念有關係，《周髀算經》說：「方數為典，以方出圓。」有方才有圓，圓出於方，圓出於方之後。

缺點：

第一，對雙聲還是按三十六個字母，舌齒音不分。

第二，韻的轉變太寬。

第三，因為涉及太廣，有的地方有附會之處。

## （二）黃侃

黃侃（1886-1935），字季剛，為章炳麟弟子，近代著名文字、音韻、訓詁學家及文學家。平生批註的文字、文字學古籍及札記、講義

數百種，其中尤為重要的有大徐本《說文解字》批註、《爾雅》批註、《文選》評點、《十三經》白文校點、《文心雕龍札記》、《黃侃論學雜著》（後兩種已出版）。

其於文字、音韻、訓詁之學，繼承清代乾嘉學派的成果，融會貫通，且有所發展，結束了顧炎武以來傳統古音學的研究，成為清代古音學的殿後大師。

季剛先生尤致力於《說文解字》的研究，一生精力，盡萃於斯。

在我跟隨季剛先生學習的那些年月裏，他常常告誡我，一定要把《說文》、《爾雅》、《廣韻》等小學專著研深研熟，而且把古代文獻資料工作做好，五十歲之前不要忙著寫書。季剛先生勤奮刻苦，博覽群書。不幸的是，他在自己規定的寫書時間（50歲）的前一年——四十九歲竟早亡了。

季剛先生對老師章太炎先生十分敬佩。但他不是亦步亦趨地完全模仿老師，而是跟隨著科學的新發展前進的。比如，太炎先生在治文字學時是不信金文、甲骨文的，並在《國故論衡·理惑論》中公開闡明過自己的這一觀點。然而，季剛先生卻積極地研學金文、甲骨文，主張用甲骨、鍾鼎來駁正《說文》。他在給我的信中談到治文字學的方法時說：「所言治文字學，私意宜分三期：一即古籀文，下至唐世所云文字學；二則宋世薛、呂、歐、趙、洪、三王、張之書；三乃近代鍾鼎、甲骨之學耳。」

季剛先生在批註過的《說文》上，幾乎每頁都有金文、甲骨文對照《說文》之處。這使他在《說文》之學研究方面創出了一條新路，取得了前人沒能有的成就。

# 第二章
# 《說文解字‧敘》

古者庖犧氏之王天下也，仰則觀象於天，俯則觀法於地，視鳥獸之文與地之宜，近取諸身，遠取諸物，於是始作《易》八卦，以垂憲象。及神農氏結繩為治而統其事，庶業其繁，飾偽萌生。黃帝之史倉頡，見鳥獸蹄迒之跡，知分理之可相別異也。初造書契，百工以乂，萬品以察，蓋取諸夬。夬，揚於王庭。言文者宣教明化於王者朝廷，君子所以施祿及下，居德則忌也。

倉頡之初作書，蓋依類象形，故謂之文。其後，形聲相益，即謂之字。字者，言孳乳而浸多也。著於竹帛，謂之書，書者，如也。以迄五帝三王之世，改異殊體，封於泰山者，七十有二代，靡有同焉。《周禮》：八歲入小學，保氏教國子，先以六書。一曰指事。指事者，視而可識，察而可見，上下是也。二曰象形。象形者，畫成其物，隨體詰詘，日月是也。三曰形聲。形聲者，以事為名，取譬相成，江河是也。四曰會意。會意者，比類合誼，以見指撝，武信是也。五曰轉注。轉注者，建類一首，同意相受，考老是也。六曰假借。假借者，本無其字，依聲托事，令長是也。

及宣王太史籀著《大篆》十五篇，與古文或異。至孔子，書《六經》，左丘明述《春秋傳》，皆以古文，厥意可得而說。其後，諸侯力政，不統於王，惡禮樂之害己，而皆去其典籍，分

為七國，田疇異晦，車塗異軌，律令異法，衣冠異制，言語異聲，文字異形。

秦始皇帝初兼天下，丞相李斯乃奏同之，罷其不與秦文合者。斯作《倉頡篇》，中車府令趙高作《爰歷篇》，太史令胡毋敬作《博學篇》，皆取史籀大篆或頗省改，所謂小篆者也。是時，秦燒滅經書，滌除舊典，大發隸卒，興役戍，官獄職務繁，初有隸書，以趣約易，而古文由此絕矣。

自爾，秦書有八體。一曰大篆，二曰小篆，三曰刻符，四曰蟲書，五曰摹印，六曰署書，七曰殳書，八曰隸書。漢興有草書、尉律。學僮十七已上，始試，諷籀書九千字，乃得為吏。又以八體試之，郡移太史並課，最者以為尚書史。書或不正，輒舉劾之。今雖有尉律，不課；小學，不修。莫達其說久矣。孝宣時，召通倉頡讀者，張敞從受之。涼州刺史杜業，沛人爰禮，講學大夫秦近，亦能言之。孝平時，徵禮等百餘人，令說文字未央廷中，以禮為小學元士。黃門侍郎揚雄采以作《訓纂篇》，凡《倉頡》已下十四篇，凡五千三百四十字，群書所載，略存之矣。

及亡新居攝，使大司空甄豐等校文書之部，自以為應製作，頗改定古文。時有六書：一曰古文，孔子壁中書也；二曰奇字，即古文而異者也；三曰篆書，即小篆，秦始皇帝使下杜人程邈所作也；四曰佐書，即秦隸書；五曰繆篆，所以摹印也；六曰鳥蟲書，所以書幡信也。壁中書者，魯恭王壞孔子宅，而得《禮記》、《尚書》、《春秋》、《論語》、《孝經》；又，北平侯張倉獻《春秋左氏傳》。郡國亦往往於山川得鼎彝，其銘即前代之古文；皆自相似。雖叵復見遠流，其詳可得略說也。

而世人大共非訾，以為好奇者也，故詭更正文，鄉壁虛造不可

知之書，變亂常行，以燿於世。諸生競說字解經，誼稱秦之隸書，為倉頡時書，云：父子相傳，何得改易！乃猥曰：馬頭人為長，人持十為斗，蟲者，屈中也。廷尉說律，至以字斷法，苛人受錢，苛之字止句也。若此者甚眾，皆不合孔氏古文，謬於史籀。

俗儒啚夫玩其所習，蔽所希聞，不見通學，未嘗睹字例之條，怪舊埶而善野言，以其所知為祕妙，究洞聖人之微旨。又見《倉頡篇》中，「幼子承詔」，因號古帝之所作也，其辭有神仙之術焉。其迷誤不諭，豈不悖哉！

《書》曰：予欲觀古人之象，言必遵修舊文而不穿鑿。孔子曰：「吾猶及史之闕文，今亡也夫！」蓋非其不知而不問，人用己私，是非無正，巧說衺辭，使天下學者疑。蓋文字者，經藝之本，王政之始，前人所以垂後，後人所以識古。故曰：本立而道生，知天下之至嘖而不可亂也。今敘篆文合以古籀，博採通人，至於小大，信而有證。稽撰其說，將以理群類，解謬誤，曉學者，達神旨。分別部居，不相雜廁。萬物咸睹，靡不兼載。厥誼不昭，爰明以諭。其偁《易》，孟氏；《書》，孔氏；《詩》，毛氏；《禮》；《周官》；《春秋》，左氏；《論語》；《孝經》：皆古文也。其於所不知，蓋闕如也。

　　《說文解字‧敘》代表漢朝人對文字的看法，受時代的限制，這是一，另外牽扯得很廣，牽扯到經典的問題。

## 第一節　開頭到「居德則忌也」

　　這一段主要說明文字的起源，認為文字是上層建築。

# 一 八卦與文字

始一而統其事。

取《周易‧繫辭下》。（古人著書必以經為根據，許要說明文字起源，故引《易經》）許認為八卦是未有文字時的文字，文字中有很多字象卦，如「☲」（溢）與☵（坎），即認為八卦與文字有關係；「☰」（氣），最初的氣是三橫，乾卦（指天氣）。許認為文字是從八卦來的，我們認為這是不對的，在敘述中也有矛盾，如「封於泰山者，七十有二代，靡有同焉」，與前面有矛盾。（其中包括伏羲）（開始認為倉頡造字）

八卦：是最初分析認識後給它的符號，八卦只是代表認識的符號，文字是語言的符號，因此八卦不是文字。八卦不僅代表符號，也代表鳥獸之文，如天、地、水、火等。

☰（乾）可代表「馬」、「果」、「首」；☷（坤）可代表「牛」、「腹」；☴（巽）可代表「雞」、「木」；☲（離）可代表「雉」。

「卦」：《說文》中解釋為「畫」；「文」：錯畫也，也是圖畫。

「夬」：音乖；「其」：音基；「地之宜」：地所生出來的東西。

「憲象」：即法象也，標準也。

證明八卦並非文字有三點：

第一，語言主要是聲音，文字必須有聲音（即「形聲相益」），八卦有形有義但沒聲音，文字必有形、音、義。

「☰」、「☷」本身發音，叫「乾」、「坤」是後來給它的音，它與語言無關，它本身不能發展為語言。

第二，詞性的問題。有人說中國古代沒有詞類的分別，這是不對的（只不過是不如現在詳細罷了）。古代也有簡單的詞類，漢時提出「詞」、「事」、「名」三類。「詞」指虛詞（清王引之《經傳釋詞》），

「事」指動、形，「名」指名詞。《經傳釋詞》主要是釋虛詞。

　　文字有很多代表感歎詞的（有人說感歎詞是最初的詞，是詞的起源，這不能承認，這是錯誤說法）：

　　《史記·陳涉世家》：「夥頤！涉之為王沉沉者。」「夥頤」音灰，是感歎詞。

　　感歎詞作動詞用：《左傳·昭公三年》：「民人痛疾，而或燠休之。」「燠休」即相當於現在的「哎喲」。文字可代表事，如「艮為止」，「止」是動作；「乾」可代表「健」。八卦不能代表詞。

　　第三，詞與句子的問題。語言最重要的作用就是詞與詞能組成句子，八卦則不能組成句子。八卦只有重卦，是數學的方式。

　　討論詞與句子時，《荀子》的《正名篇》很重要。在這篇中，荀子提出「名」（相當於現代漢語的「詞」）、「辭」（相當於現代漢語的「句」）。其中的一句話：「名也者，所以期累實也。」意思是：「名所要求的是積纍在一起成句。」他給「辭」下的定義：「辭也者，兼異實之名以論一意也。」意思是：「句子是包括各種詞來表達一個意義。」又如：「名聞而實喻，名之用也；累而成文，名之麗也。」「麗」，同「儷」，附麗也。意思是：「名說出來成聲，是名之用；名組成文，是名之組織也。」

　　《周易·繫辭下》：「聖人之情見乎辭」，《繫辭上》：「繫辭焉以盡其言」。一直到漢朝對「辭」都作「句子」解，「不辭」是不成話。語言的主要單位是句（辭），詞主要是造句的，離句無作用。詞是記錄語言的符號，字是記錄詞的符號。

　　許慎《說文》是按詞解釋，如「璠：璠璵，魯之寶玉也。」「陮：陮隗，高也。」

　　文字是記錄詞的符號，要求詞與詞結合構成句子。

　　文字體制的分別提出重要的問題是「書」，嘴裏說的是辭，用筆

寫的叫「書」，「書」是連貫文字而組織起來的。「書者，如也。」言「書者，如其意也」，到成書時才能如其意，才能表達意思。八卦是不能做到的，許慎也不一定承認八卦能發展成文字。漢朝人著書必引經為根據，不然則不能行於世，故《說文解字・敘》前面引《易經》，但《易經》也沒說八卦能發展為文字，許氏亦有其苦衷不得已也。

《周易・繫辭下》：「上古結繩而治，後世聖人易之以書契。」《易經》裏也沒說神農氏結繩，結繩不是符號，只是一種記事的方法而已；也沒說到倉頡造字。結繩最主要的是表明數目的觀念，與文字毫無關係，但對數目字有間接關係，如「弌」（古文一）、「弍」（二）、「弎」（三）、「[illegible]」（四），是在木上刻道兒，最多能刻四畫。

「其」（ㄐㄧ）：代「綦」，是副詞，作「極」解。

## 二　分理別異是造字的重要規律

造字的傳說有三：

第一，《說文解字・敘》。黃帝之史倉頡造字，採於《世本》的說法，《史記》、《漢書》據此。

第二，《管子》的說法。《封禪篇》認為文字不知是誰造的，是很古很古的。

第三，是倉頡造的，但不是黃帝之史，是很古時候的一個帝王。

為何有倉頡造字的說法？這說明了文字必須在有了統治階級以後才會有文字。社會統一之後文字才能通行，這是大家共同的認識。在傳說中，中國最古的統一的帝王是黃帝，所以認為文字是從那時開始的。古代文字由史官掌握（古代的「史」與「巫」差不多，故「巫史」常連說），這情形一直到漢朝，因此才有黃帝之史倉頡造字一說。其實史官是不能造字的，只能統一文字。《荀子・解蔽》：「好書

者眾矣，而倉頡獨傳者，壹也。」認為倉頡是統一文字的。「見鳥獸蹏远〔远《說文》卷二下，远獸跡也。远聲。都郎切（音 háng 航）。〕之跡，知分理之可相別異也。」古人以捉鳥獸維持生活，故得有辨別鳥獸之跡的知識，這樣才能找到鳥獸，見其跡就知是何鳥何獸，鬥不過的，就不去鬥。

「米」（辨）：別也，像鳥獸趾爪分別相背形，讀若辨。此字原來寫作「八」（像獸的腳印），加「十」字是為寫起來整齊，（「米」字也是如此，其四點為米粒，中加「十」是為了整齊）後全用「辨」。

《易經》：「剝床以辨。」（辨，作足解）可見古人以為腳印有分辨的意思，文字是用點畫來分辨，因為鳥獸蹏远之跡亦是點畫。漢字主要是用分理別異去造字，這是很重要的造字規律。如：

「牛」（牛）：象角，頭三，封尾之形。（封：肩膀）

「羊」（羊）：象頭角，足尾之形。

牛兩條腿、羊四條腿，為什麼呢？這就是分理別異。王筠講有正視、上視等分別，故不一樣。這是胡說。

「囗」（圓），古時就是圓圈；「匚」（方）。這就是分理別異，文字和繪畫不同，文字主要是用點畫來分理別異的。

## 三 詞語詮釋

「書契」：是文字，有的先生認為不是，文字書寫工具的演變和文字形體的改變關係很大，古時紫毫，五代前是兔尾的，至五代才有羊毫，這才有宋人的書法，故書寫形體亦隨工具變化而變化。

「百工」：就是「百官」。

「萬品」：即人民也。

「夬」（ㄍㄨㄞ）：《易經》有夬卦，是象徵分決的，「夬」是分決

之意。一切分決的事情都在朝廷，故許慎認為文字是統治的工具，是上層建築。「君子所以施祿及下，居德則忌也。」是夬卦象辭，但不按原意解釋，古人引書好斷章取義，用別人的話來說明自己的意思，按自己的意思來解釋古書。《左傳·襄公二十八年》：「賦詩斷章，余取所求焉。」諸子中引詩書，亦有與原意不相干者，《孟子》、《荀子》皆有。

　　「君子」：做官的人；「施祿及下」：用文字來對人民推行王者的教化。另一方面君子也要受王者的教化，以文字來自修，整飭自己，這說明文字與政治的關係。

## 第二節　從「倉頡之初作書」到「令長是也」

### 一　「文」和「字」不是同時的東西

　　第一階段是文，第二階段是字，一是依類象形，一是形聲相益。🦅音ㄑㄧㄥ丷，從夢。分析如下：

　　《說文》中有可分析的形體，也有不能分析的形體，能分析的形體是由不能分析的形體結合起來的。由此可見，不能分析的在先，能分析的在後。不能分析的是圖畫，因為它整個是象徵一個東西，能分析的形體走向了標音的方向。因此，許慎認為這是兩個階段，一是圖

畫，一是標聲，用圖畫代表語言的是「文」，用聲音來標誌語言的是「字」。

因此我們研究文字要根據這兩個階段，先研究圖畫標誌語言的特點，再研究字是怎樣由圖畫發展來的。首先《說文》這部書在利用文的時候有幾種現象必須要掌握，用圖畫標誌的時候聲音不確定，用形體來象徵提出三種例子。

## （一）同一形體在兩處代表兩種語言

「㐭」（五下、部首）：似城門樓，是城郭的「郭」。在卷十三下「土」部也有此字，解釋為古文「墉」（城牆），這就是古代用同一形體代表不同的東西，證明圖畫時代聲音未確定。這個形體還作「宮」。

《禮記‧喪大記》：「君為廬宮之。」「宮」：圍障也。

第二階段則分為三個：「郭」、「墉」、「宮」。「墉」：庸聲，「宮」：躬省聲。

「玄」，在四卷下作古文「玄」；同一形體在十四卷下作古文「申」，又是「玄」又是「申」。「玄」就是用繩子拴起來，「玄」和「牽」意義相近。「玄」為「畜田」，即牽扯在田地裏的東西。「申」，引申也，拉長也用繩子來表示。（上面證明，「玄」就是古「牽扯」字）

「保」，在卷八上作古文「保」；同一形體在十四下作古文「孟」。「孟」：長也（老大），生長也。在不可分析的文中有這種現象。

甲骨文亦如此，如甲骨文「十」是數字的「拾」，也是「甲」，「甲」和「十」是同一形體，聲音和意義皆不確定。

## （二）在《說文》說解中，常常把一個形體解為幾個

「屮」：古文或以為「艸」字，讀若「徹」，又是「徹」又是「草」。

「疋」：古文或以為《詩‧大雅》之「雅」字，亦以為「足」字，

一曰「疋」，記也。「疋」音ㄕㄨ，作腿講。𤴡，上為小腿，下為腳。由這個孳生出「疏」、「𤴟」，皆音ㄕㄨ。𤴡：作文字解，「記也，記下來」。《漢書・蘇武傳》：「數疏光過失。」「疏」，寫也，記也。因此也作「刻」解，古人「刻」叫「書」。《禮記》：「疏屏」：刻有花紋的屏風；「疏勺」：勺子把兒刻上花紋；「𤴟」：門戶青疏窗也（塗以青色）。《莊子》：「內周樓疏。」《荀子》：「志愛公利，重樓疏堂。」「坐」：堂也。「瑣」：古人用「瑣」代「疏」。《漢書・吉丙傳》：「瑣科條其人。」漢朝的君門塗青色，故「君門」亦稱「青門」。《楚辭》有「靈瑣」，指「君門」也。

《詩經》裏的「雅」是記錄下來的歷史。所以「𤴡」又代表「雅」字。在最初用圖畫記錄語言時，一個形體可記錄好些語言。

### （三）一個符號從它開始時候常不是原來的意義

「屮」：艸木初生也，音徹。同部「薰」（薰）：從黑從屮。「屮」則不是草的意思，而是「往上」的意思。《國語》：「焚煙徹於上。」

「𡳾」：作「通」解，也從徹。艸木往上長從徹，煙往上冒從徹。

「乙」（乙）：像春草木冤曲而出。「尺」（尺）：從「尸」（「尸」是人），「乙」所識也。「尺」、「寸」、「尋」、「常」：兩臂為「尋」，兩個兩臂之長（即兩尋）為「常」，用人身體作標準。

《史記・滑稽列傳》：「（東方朔）至公車上書……公車令兩人持舉其書……人主從上方讀之，止，輒乙其處。」「乙」是標誌。皇帝念到某處停止時，旁人就勾畫一下，以作記號。

## 二　詞語詮釋

「封禪」：古時傳位必告天，告天時用「封禪」。「封」是在高地

告天，「禪」是在平地告地。「周禮八歲入小學」，此處的「周禮」不是三禮中的「周禮」，三禮中的「周禮」是劉歆發現的，當時不叫「周禮」叫「周官」，到鄭玄改稱「周禮」。鄭玄以前談到的「周禮」就是指「禮」（任指三禮中的任何一個，皆稱「周禮」），此處說「周禮」包括「三禮」（八歲入小學：見《大戴禮記》）。

「保氏」：官名，似今之小學教師，小學學「數」、「記」，指計算和書。

## 三　六書

周代提出六書之名，但無細目，到漢朝才有細目，是從劉歆開始的（見《漢書‧藝文志》），劉歆提出的細目是「象形、象事、象意、象聲、轉注、假借」。

第二個提出的是劉歆的學生鄭眾，除諧聲外餘者與許氏同。

第三個提出的是許慎。

三家名稱次序皆不相同，歷來皆採用許的名稱，劉歆的次序。但歷來關於名稱及次序也有爭論。

許慎認為文字是由圖畫符號漸漸轉到聲音符號，六書就是說明如何由圖畫符號發展到聲音符號的。

### （一）指事與象形

「指事」的文字，在《說文》中沒有，只有在《敘》中提到「上、下」兩字，書中也只有這兩個字，別人認為是「指事」的，許皆認為是「象形」。實際上「指事」就是「象形」。「事」就是「形」、「動」一類的字，「指事」可包括到象形中去。《說文》中指事可分為以下兩大類。

## 1 借物之事以指事

「齊」（齊）：古代的意義有二：（1）整齊（形）；（2）使之整齊（動）。

「齊」：象地上長莊稼之形，由禾、麥之排列表示整齊。禾、麥的整齊是人為的，是由人耕的，人使它整齊，因此「齊」又有約束的意思。

《周禮》中造酒有「酒齊」，造醬有「醬齊」，還有「斤斧之齊」。「齊」是指原料各用多少，如造酒用多少黍、多少水等。現在中藥說「劑」就是一劑藥中有多少味藥各多少。「劑」也表示約束之意。後來又造「齋」。「齋戒」亦約束之意。

「ㄐ」：音ㄐㄧㄡ，相糾繚也，即糾纏在一起，像瓜蔓也。

## 2 借物之體以指事（普通稱之為合體指事）

因為主要是標誌一個事實，畫一個形象把它標誌出來。如關於顏色的字很難造，因此常以外物的形體來標誌顏色，如：

「黑」（黑）：火從煙筒冒出，表示黑。「白」（白）：日光照在空間。《莊子》：「虛室生白。」古時白作日光講，可見古人用日光來象徵白。「朱色」是以木頭的芯來表示的，如「朱」，鍾鼎文中間有畫兩橫的，也有是一個圓點兒的，如「朱」、「朱」（木的中間為朱色，故在木的中間用點或畫來標誌）。

「正」（正）：就是凝立一點不動，立必用腳，故從「止」，上面的一橫表示固定不能動，還可寫成「正」、「正」。「定」從正。

指事實際是象形，所以形象和指事沒有嚴格的區別，因此《說文》中皆為象形。《說文》中，如有一個形象下面注「象屋之形」，這是象形字；如果注「象屋高之形」，這樣的字許慎認為是指事。

我們研究《說文》時不可孤立地看指事，其中的一點兒、一撇兒不一定代表一個事物，如：

「ノ」：音一ヽ，古韻「曷」，抴也，明也，象引抴之形。（曳）

「乀」：音一／，古韻「歌」，流也，從反。

古文中沒有「ノ」，用「弟」來代表「㣇」（風聲），「豈（音ㄎㄞ）弟」音「楷義」，作「明」解。《詩經》中有「齊子豈弟」，還有「孔燕豈弟」（古人快樂和光明同，所以「忻、昕」一從心，一從日），鄭箋：「豈」讀為「闓」，「闓」，明也。《古文尚書》以「圛」（音義）為「弟」。「圛」見於《尚書‧洪範》，有一種雲彩叫圛，「升雲半有半無」。「圛」，回行也，曲折也。這種雲彩就是夏天的晴雲，佛經稱為「光綱雲」，俗稱「綱子雲」，「ﾘ」，古雲字。

「ノ」，雲之省；「乀」，水之省，細流，所以作流解。「旗移」，旗子稍稍飄擺。

指事是象形的一類，所以《說文》中沒有孤立地講指事，因此象形、指事還是孤立的符號。

「詰詘」不是直線是曲線，是隨物體的彎曲而畫成的。

## （二）會意

「會意」「比類合誼，以見指撝」。合起來之後表示它的方向，即意向，會意最初還是圖畫，不過比較複雜。會意有以下幾種。

## 1 即形見意

「歬」（前）：本是「渡河」，渡河後仍繼續向前也，象人腳站在船上。後來古書中不用此字，用「濟」來代表，古音「前」、「濟」音同。「濟」在《說文》中是水名，不作「渡河」解。

「🔲」（陷）：古「陷」字，象人掉在坑內，上從「人」下從「臼」。

「🔲」（芻）：音除，草綁起來，「生芻一束」是餵馬的意思。「芻」的本意是餵馬，「芻之三月馬」，即養了三個月的馬。把草紮成束叫「芻」。《淮南子》「芻狗土龍」，即用草束作狗，用土（泥）作成龍。

以上是第一種會意的方法，還是用圖畫，不過較複雜了，還可合用到四個「🔲」。

## 2 並峙見意

「🔲」（介）：就是「界」的意思，「界」有二者之間的意思。

「🔲」：表分開；「🔲」（人）：表示可分，人和人不同，故人有分別也。

## 3 聯貫見意

「信」：人言為信，不是圖畫，完全是意義。

「公」：「八」作「背」解，「厶」私也，背私為「公」。

會意絕大多數是圖畫，但也有的不可靠。例如，「🔲」，《說文》：「止戈為武」（禁止了戰爭的叫武）。古時管兵的人叫「司馬」（「馬」指戰車），又叫「司武」，所以說，「武」原是標誌兵士的。「賦」是當兵，《左傳》管軍隊叫「賦」，如「君為主，敝邑以賦與陳、蔡從」。

「武」有兵戈意，還有步伐意。兵士有走著整齊的步伐、背著武器的特點，因此走著整齊的步伐也叫「武」。《禮記》：「堂上接武，堂下布武。」「武」是走步，「接武」是接著走，「布武」是分開走，中間有距離，所以後來把走的腳印也叫「武」。《詩經》：「履帝武敏，歆攸介攸止。」「敏」是大拇腳趾，「武」是腳印。

（三）形聲

　　形聲字比較複雜，在形聲字中，我們主要研究的是聲音標誌的方法，以及聲音和意義的關係問題。

## 1 形聲字的標音

　　解釋有二（段），一半形，一半聲，歷來相傳是左形右聲（大致如此）。

　　「桃」：「兆」聲，聲和桃的關係是：一半是形「木」，一半是聲「兆」。

　　黃以周的《禮書通故》解釋說，形聲並不是一半形、一半聲，《樂記》：「情動於中，故形於聲」，他主張形聲不應理解為左形右聲，而應當理解為「用聲音來表達，用聲音來象徵」，「應當作聲音講」（指「聲」）。這和劉歆、鄭眾說法同，象形，象聲，我們認為黃以周的解釋較好。

　　標音的方法，一般的好解決，有的不好解決。例如：

　　「某」：「甘」聲，古音〔kam〕，「添」韻。《說文》解「某」是酸梅的本字，「梅」古時聲母是〔m〕，「灰」韻。既不是雙聲，又不是同韻，沒有什麼關係。因此，後來《說文》的形聲字改了不少。我們還認為是一致的關係，再回到圖畫文字來說，古時最初的文字可以用一個符號代替不同的話，「一形數用」，因此也就「一形數音」。以後，語言逐漸發展，它的音也就確定了。

　　「甘」：古代有兩音：一個「梅」的音，一個「甘」的音。

　　「甘」$\begin{cases} 某、煤……（這是一個系統）\\ 苷、柑……（這是一個系統）\end{cases}$

因此，我們認為形聲字最重要的是「聲母多音說」。因此漢字保留了一個現象，就是一字多音。「敦」有二十幾個音，「賁」有三十幾個音。

怎樣標音？用聲整個的音，標這個字的音。

## 2 形聲字的聲音跟意義有沒有關係

形聲字除標聲外是否還有意義的標誌？

如「吏」，從一從史，史亦聲。「史」不只標「吏」的音，還標意義。另外在《說文》中，也說明聲音和意義的關係，如「禎」：以真受福也，從示真。《說文》中這樣講也產生了很多問題。

標聲兼標義說，如宋王聖美的《右文說》、沈括的《夢溪筆談》，王觀國《學林》也引王聖美《右文說》。他說「戔」有小的意思，「錢」：小貝；「箋」：小條；「線」：細的；「淺」：水小；「殘」：剩下的東西。

這種說法後來遭到駁斥，最嚴厲者是段玉裁。段玉裁說形聲字只標聲音不標意義。「吏」、「禎」之類可單列一類，為「形聲兼會意」。這個說法也有毛病，把《說文》弄得更煩瑣了，除「形聲兼會意」之外，還可有「形象兼指示，兼象形等」。

黃承吉在《夢陔堂文集》中的說法，不同於上面的任何一種。他說「字義起於右旁之聲說」，雖然聲音和意義沒有直接關係，但有時也有關係，不能看得太死，從「戔」的字有時也不作「小」的意思解釋。太炎、黃侃都同意這個說法。

形聲字在《說文解字‧敘》中的定義是「以事為名，取譬相成」。我們要注意「事」、「名」、「譬」三個字，這三個字弄清楚了，意義也就清楚了。「事」就是外界的事物，實際上「事」就等於意義，意義要用符號標出來，要用「名」來表示，因為有很多意義，就

需要有很多形體，如何造成，就用「譬」，就是取譬的方法。「譬」是聲音，是譬喻的手段，所以用聲音來譬喻意義的方法就是形聲。「相成」就是相合。許慎認為聲音有譬意的作用。

因此，研究形聲字要注意以下兩方面。

### （1）聲音的符號直接譬喻意義

「禮」：從豐得聲。「豐」（豊）：行禮之器也，從豆象形。

「豆」：古祀器。王國維說「豐」中的「玨」是兩塊玉「珏」，這話沒有根據。《說文》中有「醴」（秩），爵之次弟也，從豐從弟。「弟」是次第，「豊」是酒杯，「醴」就是祭祀時酒杯按次序排列。

古時結婚曰「合巹」，「巹」是酒杯。古時長大的葫蘆剖開，以半邊為杯（最原始的杯），入洞房時，把合著的兩個巹拿開，夫婦各一半，飲酒後再合起來，故曰「合巹」。

《說文》中「蠡」，蠡也；「瓠」，蠡也。「瓠」，《詩·大雅·公劉》：「酌之用匏」，古人以最古樸的酒杯表示敬意，因此說「豐」是酒器。

古人行禮時所用的酒也叫「醴」。《禮記》：「玄酒之尚」，「玄酒」是涼水。楚國請了一位專家，叫穆生，「穆生不嗜酒，元王每置酒，嘗為穆生設醴」。孔子以後，「豊」字的意義發展了，當人的行為講，即今之講禮、有禮貌等。

「桃」：從兆，古時占卜燒龜甲，有裂痕，「兆」似裂痕。

### （2）聲母互換，可通借

「祿」：福也，錄聲。刻東西叫「錄」，記錄。

形聲字有一個規律，聲母互換例，《說文》中常有好幾個不同寫法的，實際上是重文。「蚔」、「蚳」、「蛭」皆聲只，第一個用「氏」

聲表示，第二個用「示」聲表示，第三個用「辰」聲表示，這三個聲母可以互換，三個聲母讀音相同，所以能互換，含有通借之意。

有時一個字的聲音沒有意義，但在互換中可以找出意義來，《說文》中有「禁」、「麁」，都是「筐」；還有「麓」、「菉」，可見「鹿」和「錄」常互換。如「祿」：「鹿」和「錄」互換。古時「鹿」代表吉祥之意。《說文》中可找出證明。「慶」（慶）：行賀人也，從鹿省，從夂。古者吉禮以鹿皮為贄。（《說文》中「慶」查「心」部）。「夂」音只，就是致的意思。

「麤」：篆文鹿。古人對「鹿」、「燕」、「龜」都寄託了深厚的情感。如果聲沒有意義，可憑通借中找出意義來。

「噱」：大笑（古時是鬥）。「豦」，鬥獸也，「劇」也從鬥，古時劇是鬥獸。「醵」：聚在一起吃酒，聚餐。「醵」和「詎」通借，「噱」可換成「詎」，就有大笑之意。

## （四）轉注和假借

古人對轉注和假借的說法很不一致。曹仁虎《轉注古義考》和夏炘《六書轉注說》，這只是他倆的說法。嘉慶以後，又有許多說法。

段玉裁和戴震說轉注就是互訓。《說文》中有「考」、「老」，《說文》中「考」作「老」講，「老」作「考」講。他們認為凡是這類的都是轉注。因此說《爾雅》是轉注專書，這種說法有問題，因為只包括了「同意相受」，但不包括「建類一首」。後來有人加了一個限制，認為只在同一部首之內的可以互訓的叫轉注，包括了「建類一首」。章太炎在《國故論衡‧轉注假借說》中認為轉注不只是意義的互訓，也包括聲音問題。有人提出六書不是造字的法則，或只前四書是造字的法則，後兩書是用字法則。章、黃認為六書是造字的法則，而不是訓詁的法則，不是隨便用字。

　　轉注，即由一個語根把語言加以擴大分析。「考」、「老」聲音同，在語言上是一個，同語根問題，不是互用問題。「考終」就是「老死」，二者是相同的。《詩經》中「考」當「成」講，所以人老就是長成，《詩・大雅・蕩》：「雖無老成人」，古代最高最尊貴的官叫「老」，如「三老」（周），《周禮・天官》：「設其考」，「考」、「老」同。

　　因此，「考」、「老」不是一義的關係，而是同語的關係。所以他們對轉注（建類一首，同意相受）的解釋是：「類」是指許多字，這許多字必須歸納在一個首，「首」就是語根。這些字是由同一個語根發展來的，所以意義可以互訓，太炎先生說的「變易、孳乳」就是轉注。

　　要是這樣，中國字就要造很多了，因此又有假借。轉注是孳生文字，假借是節省文字。假借：「本無其字，依聲托事」，靠聲音寄託事，寄託意義。

　　「令」原是名詞，「號令」也。因此命令人的「令」也用此字，後來發號令的人也稱「令」，如「縣令」，如按轉注，就都得造字，現在就用「令」代替，這就是假借。

　　「長」：遠也。因此時間久也叫「長」，比自己出生時間早的人叫「長」，仍用「長」，如「官長」，地位高。

　　語言有變化而按意造字，是轉注；語言有變化而用原字代替，叫假借。所以說轉注、假借是造字的方法。

　　「韋」、「西」，《說文》中注明是假借，《說文》中轉注的痕跡可由音訓中找出來。

　　轉注、假借是根據語言的發展來造字的，一般的書上用別的字來代替是「通借」，不是「假借」。例如，「便」作方便、便所等解，《周禮》「廁所」是「屏匽」，「匽」，匿也；「屏」，圍屏也。也叫「屏」（廁所），古時「便」、「屏」同。《漢書・張敞傳》：「以便面拊馬」，

「便面」是古時女人出門用以擋臉的東西，又稱「屏面」。本有其字而又借別的字代替，是通借不是假借。

「權」：《說文》解為長黃花的木頭，後來用作「權力」、「權貴」等。《說文》中有「捲」（くㄩㄢ），氣勢也。《詩·小雅·巧言》：「無拳無勇」。「權」和「捲利」的「捲」是六書中的假借。《詩經》「鬈」當為「權」（只見《詩經》），本有「捲」字，故是通借，不是假借。

# 第三節　從「及宣王太史籀著大篆十五篇」到「豈不悖哉」

## 一　說明文字發展的歷史

許慎認為古文在前，籀文在後。《敘》中有好幾處提到古文，「古文」是對「今文」而言的，是在漢朝提出的，漢朝最初的古文定義是指地下發掘的經典，不是隸書。

「口耳相傳，在漢傳六經，用漢隸書記下來的謂之今文」。地下發掘的經典與漢隸記下來的不一樣，因此解釋也就不一樣。如：

「今予其敷心腹腎腸。歷告爾百姓於朕志。」（古文《尚書》）

「今予其敷心。憂賢揚歷，告爾百姓於朕志。」（今文《尚書》）

「敷」：公佈也。「歷」：分析也。（古文）

「揚」：舉出也。「揚歷」：選拔出，舉出。（今文）

古文與今文，字有的不同，斷句亦不同，解釋也不同，古有「古文本，古文說」，「今文本，今文說」。古文，是漢朝人治經典的一派，許慎的《說文》是根據古文本，也是根據古文說。古文家、今文家是兩個學派。

《漢書·梅福傳》記載漢得天下以後要封侯，封前兩代之後

（殷、周之後），「殷紹嘉公」,「周承休侯」,周的後代容易找,時間還很短,殷的後代不易找,於是就徵求誰能考證出殷的後代。匡衡上書說,應封孔子之後,宋是殷之後,宋的大司馬孔父是孔子七世祖,故應封孔子之後,帝不批准,因不見於經典(《公羊傳》有記載)。梅福又上書說:「《禮記》孔子曰:『丘,殷人也。』」帝才批准,但是還認為非見於經典,只是「說」。漢以前的經典古人的「說」,叫「先師之說」,漢朝的本子漢朝人的「說」,叫「後師之說」。

許慎認為古文是倉頡傳下來的(經現在研究,認為是春秋時東方的文字),是正體字,他認為文字的發展是由古文(倉頡造的字)→大篆(周宣王時的字)→小篆(秦時的字)。

許慎認為孔子書《六經》用的是古文,實際是春秋時東方的文字,即齊、魯通行的文字,以後推行到六國。

大篆有三種名詞:(1)籀文:𩇯,籀文「旁」。(2)大篆:卷一下、左文五十三大篆從艸(共53個)。(3)《史篇》:有三處,「奭」,周召公名,《史篇》名「醜」;「匋」,《史篇》讀與「缶」同;「姚」,《史篇》以為「姚易」(「姚易」是美的意思,與「姚冶」同)。

籀文:因為是周宣時的太史籀創造的,所以叫籀文。

大篆:秦始皇時定的名稱,以別於秦之小篆。

《史篇》:(後人考證是春秋時的西方文字)又稱《史籀篇》,許慎當時見到這部書,因名《史篇》,故許慎亦稱《史篇》。《史篇》相當於後來的《千字文》、《三字經》,是小學生念的,內敘歷史等,西漢末亡掉了六篇,只剩九篇,許慎看到的是九篇。王育給《史籀篇》作過序,所以《說文》中常提到王育。

籀,漢朝人認為是太史籀的名字,以名字來名字體。大篆是與小篆對稱的。《史篇》是最初教小孩的,所以這種字體亦叫《史篇》。後人對「籀」是否是人名有懷疑,清龔孝拱首先懷疑不是人名。王國維

考證認為「太史籀」非人名，古人編文字書，主要是記字。他認為「太史籀篇」，「籀」是讀的意思，因為頭一句是「太史籀篇」。秦小篆開頭的一句是「倉頡作書」，故名「倉頡篇」。稱「史籀篇」也是這個意思，後簡稱「史籀」，「太史籀篇」是篇名。他認為這種文字是秦始皇以前的通行的秦文，就是秦以前的西方文字。他分為兩大支系：

$$\text{甲骨文} \to \text{鐘鼎文} \begin{cases} \text{古文} \\ \text{籀文} \to \text{小篆} \end{cases}$$

王國維認為古文和籀文沒有相同之點，這是錯誤的，因為同一國的文字，不可能完全不同。

「厥意」：「厥」，作其，或其它的意義講。「意」，是筆劃原有的意義。顏之推《顏氏家訓》中說：「學者若不信《說文》之說，則冥冥不知一點一畫有何意焉。」有許多形體是從古文之象，象古文之形。「厥意可得而說」，只有古文一筆一畫的意義才可以講。

「田疇」：音疇，同「疇」，作「地的界線」講。後來管算學叫「疇」，漢朝稱算學家叫「疇人」。

「晦」：畝也。「車」：音 jū。

「惡禮樂之害己，而皆去其典籍」：這是引孟子的話，孟子的原話為：「諸侯惡其害己也，而皆去其籍。」

「典籍」：是官書，國家頒佈的官書，是國家修的書。「典籍」中最重要的是禮樂。

《周禮・秋官・大行人》：「九歲屬瞽史，諭書名，聽聲音。」「九歲」，九年也；「書名」，名稱也；「聲音」，語音。當時有兩種態度，如孔、孟主張周雅，排斥其它語言。衛出公被越國俘虜，後來回國說越語，有人主張也要學別的語言。

「乃奏同之」之「同之」，主要是指統一文字。

　　《爰歷篇》、《倉頡篇》、《博學篇》，因每篇開始皆用前兩字為首，故名。這三篇有重複的字，到漢代統一起來，統稱之為《倉頡篇》，六十字一章，共五十五章。

　　「或頗省改」，「頗」在古代不作「很」、「非常」的意思講，是「也還」的意思。秦孝公時鑄的銅量上的字，與小篆相同。秦孝公在秦始皇以前，《詛楚文》也在秦始皇以前，大部與小篆同，只有幾個字不同。如：

　　霖（籀文）——秦（小篆）　　夅——奢　　剸——奢
　　〔秦〕省也　　　　　　　　　改也　　　　省也

　　由上看來，《詛楚文》就是籀文。

　　「滌」：音狄。「滌除」，即清除。「約易」：簡單、容易、方便。古文由秦絕，《史記》有記載。揚雄有《劇秦美新》文。《說文》也談「秦隸」，現在看不到，我們能看到的是「漢隸」，楷書是從隸書變來的，故有人稱為「今隸」。

　　「卜」：很難辨別它的形體，從這個旁的字很多，如「飤」，即「飯」字。「忭」，快樂也。今天的「卜」，是從古「弁」（𠔼）來的，經過隸書錯下來成「卜」。「兵」（兵）。「亣」，隸字「卜」底下一筆長是區別於「六」也，到楷書就成為「卜」，底下一長筆變成直筆。

　　「冖」、「勹」，隸書寫成「宀」、「包」。但是「𤰝」、「𤴐」，隸書寫成「冢」、「軍」。「大」、「土」：奘地。「炎」（赤），從土、火；「厽」（去），從大、厶。但是現在「赤」從土，「去」也從土。

　　篆文也變，「票」、「𤐫」，即「票」字，中間變成一橫。漢字也是藝術，不只為簡便，有時也為了好看，筆劃增多。如「庹」，應當變成「庚」，但為了美觀而寫成「庚」，多加了一點。

　　秦創小篆，但沒廢大篆，兩者同時都用。

## 二 詞語詮釋

「刻符」：在周時「符」、「節」連用，如我們現在常用的成語「若合符節」。門關用「符節」，「符節」即通行的證書。「艿」（節），古時是信的意思，用一塊竹板刻上字，劈開各執一半，到時相合。古時有「質劑」，「質」就是「節」。「符」，合起也。「傅」，讀為符，有挨上的意思。現在的「票」就是古代的「符」。「符」、「票」是雙聲，唇音。秦符現在看不到，漢符還可看到。現在有道士的畫符，《濟公傳》裡有畫符，符中第一句是「敕如律令」，這是漢律裡有的，是派遣人的票。

道士說的神，都是漢朝的官名，如「五部功曹」，不是《封神榜》上的，是漢朝宮中的值日官。道士的畫符是從刻符書的字體來的，可以研究。

「蟲書」：是美術文字，寫出來像蟲子，原是在旗子上畫的。旗子上的蟲書是代表圖騰、氏族，後來圖騰沒有了，但還保留了畫法，又稱為「鳥蟲書」。《詩經》中提到「旐」（是畫龜蛇的）、「旟」（是畫猛禽的）。

「摹印」：王莽稱摹印的篆文為「繆篆」，這種字彎曲很多，如「屮」為「𡳐」。秦的刻印不太多，漢朝很多。漢朝有個「成皋」縣，縣裏有三個官：縣令、縣丞（管文書等）、縣尉（管法令）。馬援說這三個官的印都不同：縣令的印，「皋」字為「睾」；縣尉的印，「皋」字為「睪」；縣丞的印，「皋」字為「皐」（白、人、羊）。三字都是「皋」字，應該統一起來（見《東觀漢記》）。

「署書」：是有扁額的書。「署」，扁也。蔡邕的「八分書」亦屬署書，是參照隸書寫的。

「殳書」：「殳」是古代的一種兵器，八棱，尖是椎形，底下用竹

包起來，也插在兵車上，故稱「建兵」。「旅賁」是王的衛隊，拿的是「殳」，《詩‧衛風‧伯兮》：「伯也執殳，為王前驅。」「殳」是最原始的兵器，「殳書」是兵器上刻的文字，「殳」代表一切兵器。秦的鞁戟現在還存在，上面刻著文字，與大篆略有不同。漢朝有兩種兵器，一種是「剛卯」，一種是「金刀」，「剛卯」像方形，「金刀」是刀形，司馬彪的《輿服志》有記載。

「隸書」：施用於徒隸。秦時保存了八種書寫體，也有自造的。

「漢興有草書」，說的是「章草」，「章草」是奏章的草書，到晉時有張芝的草書。它不同於後來的大草，寫起來是一個一個的，不連著，現在存在於《急就章》，字體錯下來的原因與草書很有關係。

「盼」：眼睛黑白分明，《詩‧衛風‧碩人》：「美目盼兮。」「昐」：音面，是希望的意思，現在皆用「盼」。在草書中都寫成「盼」。

「乃得為吏」中的「吏」，音使。《尉律》：三公之下有九卿，九卿中有「廷尉」，是司法者，他所創造的法律叫《尉律》。「卿」，相當於現在的部長。

「學僮」：是入學的兒童，歸太史管，在縣裏的也歸太史管。

「諷籀」：「諷」是朗誦，「籀」也是「讀」。「讀」，古時是解釋的意思。「籀」，是抽出主要的意思。《毛詩》：「抽，讀也。」《卜辭》解釋卦象，稱之為「籀詞」。《史記》的年表，第一句是「太史公讀……」「讀」，是抽取別的書。

「書」：是《尉律》裏的一段文章，漢初考試是考《尉律》。

「九千字」：是指九千字一段文章。

「又以八體試之」之「八體」，指秦之八體。

「吏」必須懂得《尉律》。「並課」，即重考一遍，考試內容即《尉律》和「八體」。

「最者」：第一也。

「史書」：即「史書令」，上書奏別人不好，古時有御史大夫。

「尚書」：即「尚書御史」，也是同樣的職務。專奏書寫的錯誤，指錯別字，對書寫很注意。

「詔通倉頡讀者」之「讀者」，即能講解者。

最早發現的鍾鼎是「美陽鼎」，張敞很通古文字，他對「美陽鼎」的研究很正確。

杜林作《倉頡篇訓詁》。

爰禮、秦近：都是王莽時人。秦近，又名秦延君，是講章句學的，是最煩瑣的。

「未央廷」：即未央宮的朝廷。

「元士」：猶今之博士。「元」，音玄。

「三倉」：古時常說「三倉」，有人認為是李斯、趙高、爰歷所寫的三篇，非也。

「三倉」指《倉頡篇》的上、中、下三篇。《倉頡篇上》是秦篆，包括李斯、趙高、爰歷三篇，共五十五章，每章六十字。司馬相如《凡將篇》，是為作賦辭用的，不包括在《倉頡篇上》中。司馬相如的《凡將篇》是為作賦寫的，這裏不談。《元尚書》已亡。《急就篇》是用章草寫的，保存下來了。《急就篇》，用《倉頡篇》的字，但編排不同。《倉頡篇》從《爾雅》、《顏氏家訓》可考出是四字一句，有韻。《倉頡篇》有子目。《急就篇》每句字數不等，沒有子目。秦漢的詞是日常生活常用的，不像經傳中的詞，因此秦篆可說是當時應用的基本詞。

　　《倉頡篇中》，即揚雄的《訓纂篇》，共三十四章，每章六十字，共二千零四十字，四字一句，有韻。這些字都是經典的文字，就是古文。西漢是今文學派主導，沒人重視古文，到平帝時才重視古文，才有《左傳》博士學位。王莽很重視古文，提倡古文。劉歆和揚雄都是提倡古文的，到東漢古文學派才興盛，東漢末，古今文雜在一起，鄭玄是今古文兼採來講學的。

　　前五十五章和後揚雄的三十四章，共五千三百四十字。

　　《倉頡篇下》，班固作了十三篇，沒完，賈魴作《滂熹篇》，共三十四章，二千零四十字。

　　許慎根據的就是以上的「三倉」，「三倉」本書已亡，但字保留在《說文》中。《說文》中的「篇」，比「章」大一些。

　　「亡新」：即偽新也，偽政府也，因為是篡位。

　　「應製作」：受皇帝之命而作也。

　　「疊」：音叠，是重複考查之意（揚雄之說），古人對法律考慮多日之後，認為合宜而後實行。後亡新改「疊」為三「田」，「頗似古文」。

　　「無、叿（涊）、全（倉）」：皆古文奇字，實即古文的重文。

　　「佐書」：是幫助的書，輔助之書也。

　　漢朝發掘出來的書，共有五處，除《說文》外，還有河間獻王、魯三老、魯淹中。但在發掘的書中沒有《毛詩》，可是在漢時人們都說《毛詩》是古文，這是個矛盾。另一個，孟喜的《易經》，漢人都認為是今文，但在《說文解字‧敘》中被認為是古文。

　　漢人講經有兩種：一種是根據壁中書來證明，一種是根據「說」來證明。秦始皇焚書並沒有焚《易經》，漢的今文《易》是指說法，本子是古文本，漢朝人稱孟喜的《易》為今文《易》，是指「說」，許認為是古文，是指本子。

《詩經》的本子沒有今文本，有古文說，許慎是指古文說，在
《說文》中採取了許多古文說。

「彝」：宗廟裏的器具。「銘」：款識。許慎認為鍾鼎文字也是古
文。許氏《說文》中沒有收鍾鼎文，當時鐘鼎在宗廟裏，一般人見不
到，許慎也未必看見過。

「叵」：音 pō，不可也。

「訾」：音 zī，誹謗也。「詭更」：更改也。

「變亂常行」：變亂常行的寫法。「猥」：歪曲也。「馬頭人為
長」：「长」（長），可標誌時間，也可標誌空間，故有久的意思。

「兀」（兀）：高而上平也，最高點叫「兀」，可訓高，亦可訓
遠。

「山」：音 huā，表示時間。

「山」不好寫，把它倒過來寫，為「个」。

隸書「長」寫作「長」，馬頭人，馬臉長，故訓為「長」，這是錯
誤說法。

「斗」（斗）：古時是長把兒的勺子，古時做菜是用鼎，所以得用
長把勺子。《詩·小雅·大東》：「維北有斗，不可挹酒漿。」

《呂氏春秋·長攻》：「反斗而擊之，一成，腦塗地。」「一成」，
就是一下。斗也可作武器。

《公羊傳·宣公六年》：「以斗擊而殺之。」（晉靈公吃熊掌而殺
廚師的掌故）

「斗」，有斗直之義，後又造出「陡」字，後來容量漸固定，遂
成為現在的「斗」。「斗」在隸書中開始為「斗」，後又簡化為「斗」，
有兩個寫法，因此後來就混亂起來。「升」和「斗」形似，所以古書
中常以升為斗，或以斗為升，諸生解釋為「人持十為斗」，十者是丈
量器「什」。

「蟲者，屈中也」：「蟲」在《說文》中作「𧌀」，音 huì，似蛇形不是蛇，即大蜥蜴。「𧌀𧌀」，兩蟲為昆，三蟲為「蟲」。蜥蜴又稱「蠑螈」，《說文》中作「蚖」。「屈中」，是說蟲子行動時中部先彎曲。這在讀音上及解釋上都是錯誤的。

「苛人受錢」：這是《廷尉律》中的一句話，「苛人」就是法官，作「訶人」。在解釋「苛」字時說為「止句」，篆文「苛」為「𦭠」。隸書的「艸」、「止」相亂。如「𦬠」，隸書為「前」。「𦰩」，隸書為「草」。「苛」隸書為「苛」，所以解釋為「止句」。「止句」者，就是拘留了人，然後要錢，即綁票。「句」，就是「拘」的意思。

「鄙」：音 bǐ，「鄙人」，不是「敝人」。

「埶」：音 yì，即「藝」字。「藝」，是法則，「六藝」，即六種法則也。「曲」：法則、規度的意思。「野言」：沒根據的話。

「秘」、音 bèi，《說文》中音倍。「微旨」：即大意也，「旨」，音 ní。

「幼子承詔」：一說黃帝的幼子承受詔書，又說黃帝乘飛龍昇天成神時，給他幼子的詔書。

# 第四節 「書曰」到結尾

## 一 寫作《說文解字》的要旨

許慎在這段文字中，主要闡明了這部書將用來整理所有的字類，解析荒謬錯誤的東西，使學習的人明白並通達造字的深刻意旨。全書分門別類，按部首排列，不彼此雜糅在一起。萬物都可看到，且沒有不完備記載的。

## 二　詞語詮釋

　　古人引書，常不按原意；或引半句，不寫完全句。

　　「予觀古人之象」，這句話引自《尚書·益稷》，但沒引完，後面還應有：「日、月、星辰、山、龍、華蟲，作會，宗彝、藻、火、粉、米、黼、黻、絺繡，以五采彰施於五色作服。」「會」，畫也。「繡」，指把「繡」字前面的東西繡在衣服上。「象」字的意思也改變了，許慎把它作「文字」解。

　　「衺」：音 xié，即「邪」。

　　「文字者，經藝之本」：許氏認為文字是解經的。

　　「至賾」：最原則的東西，「賾」，就是原則。

　　「今敘篆文合以古籀」：段氏認為是兩句，意思是以篆文為主，再合上一些籀文，我們認為是一句。

　　「通人」：是指通於小學之人。

　　「小大」：指小才之人、大才之人也。《說文》中是二者兼採的。

　　「曉學者」：表明於學者，使學者明白。

　　《說文》中共五百四十部，但不是五百四十個不同的類，其中有同字不同寫法的。如「人」，有「儿」、「𠈃」兩部；「𡠩」、「𢎥」，屬於兩部；「𦣻」、「𠙵」，屬於兩部。但有一些同類的文不分，如「𠂇」、「𠂆」。「辦」查「刀」部，「瓣」查「瓜」部，而「辯」查「言」部則沒有，得查「辡」部。

# 第三章
# 《說文解字》卷十四下

## 第一節　「𨸏」部的字及與之相關聯的字

「新附」是徐鉉增的，不是許慎的原文，增加的字沒有篆文，是徐鉉根據楷書中的字造的篆文，後來的《康熙字典》也仿此造篆文。這是不對的，現在對「新附」不作研究。

由「陸」、「陳」二字看來還應補出一個古文「𨸏」（阜）。

「大陸」，是根據《爾雅》來的：「高平曰陸，大陸曰阜，大阜曰陵。」段氏加了「也」字，成為「大陸也」，這就成了跟後面不同的事物，不是互相補充的了，所以加「也」不對。許氏認為「大陸」的意思還不足說明，又加以補充「山無石者」。

要注意雙聲的關係，解釋的與被解釋的，同部位的發聲都叫雙聲，古時只四個部位，即「喉、舌、齒、唇」（參閱章太炎《國故論衡‧古雙聲說》、王念孫《廣雅疏證》）。

「𨸏」和「無」是雙聲關係。「𨸏」（堆）。

「𨸏」在語言中有多少意義很重要，段氏很注意這一點。作「大」解：「韓氏其昌阜於晉乎？」（《左傳‧襄公二十六年》）「阜」，壯大也。「孔阜」，是很大的意思。還可作「厚」解：「惠以和民則阜」（《國語‧周語中》）。還可作「生長」解：「助生阜也。」（《國語‧魯語上》）這些主要是由「大」的意義來的。

「阜」的意義和「坯」相近，「阜」、「坯」是雙聲。「奉揚天子之丕顯休命。」（《左傳‧僖公二十八年》）「丕」字亦作「不」。「丕」是

否也可作大陸解呢？「壞，丘再成也。」「一抔土」，即墳墓。瓦未燒者叫「壞」。也作「盛」解，不過另換了一個「芣」字，「芣，華盛也。」「丕」，亦作生長講，「人道敏政，地道敏樹。」（《禮記・中庸》）有的本子「敏」作「謀」，「敏」是懷孕的意思，懷胎即生長之義（脒、胚）。

〔陵〕：根據「阜」的意思是無石之山。秦時皇帝之墳謂之「山」，漢朝皇帝之墳謂之「陵」。《吳都賦》中的「陵鯉」是指穿山甲。由下向上叫陵，從上面掉下來也叫陵。可見漢語詞義是向相對方向發展。由下犯上也叫陵，如「少陵長」。由上到下也叫陵，不過加一「遲」字，叫「陵遲」，即走下坡路的意思。

「跳」，蹶也。掉下也，倒下去。「躍」是往上跳，現在是主觀不能控制的為「掉」，「跳」解為上去的意義多。

「夊」，音 cuī。「夌」，越也，從夊，從屮（音陵）。「屮」，高也，一曰「夌徲」也。「夌」，音陵。「徲」，音遲。

「反衰世之陵遲」，即走下坡路，司馬相如的賦裏，「陵遲」亦作「陵夷」。由上到下的陵遲是由「陵」發展來的，也叫「陵夷」。刑法中的「陵遲」是由「夷」發展來的，也叫做「陵夷」。《漢書・刑法志》是根據秦的刑法，「大辟，尚有夷三族之令」，受刑的人皆「先黥，劓，斬左右止，笞殺之」。這個刑法不始創於秦，還要古些。「夷」、「易」、「施」三字在古時書寫上相通。《爾雅》：「夷，易也。」還有的書「施」也作「易」解。

《毛詩》：「我心易也。」《韓詩》：「我心施也。」《說文》解為「髳」，即「夷」。「髳」，冎，髳人肉置其骨。《國語・晉語九》：「施邢侯氏」。《左傳・哀公二十七年》：「國人施公孫有山氏。」「施」，劓也。兩個「陵遲」來源不同，在秦漢以前沒人把「陵」作刑法講，漢以後才作刑法解。

〔鯀〕：古書無此字。「鯀」，《說文》作魚解。有人說是小魚，有人說是大魚。「小魚」，在語言上有變化成「大」意思的是可以的。

〔阞〕：《周禮・冬官・匠人》：「凡溝逆地阞謂之不行。」「凡溝」，是造溝。「地阞」，地的條理、脈理也。「朸」，木理也。「泐」，水石之理也。段氏認為「阞」、「朸」、「泐」是一個字，這是對的。

「力」，《說文》作「𠂔」（巾），筋也，形如胳膊的筋一樣。「肋」，肋骨也是一條條的。「理」，文理，亦可做文章的條理解。「朸」，《韓詩》：「如矢斯朸」，「朸」作棱角解，箭頭的棱角也。《毛詩》：「如矢斯棘」，《毛傳》：「棘」，棱、廉也。「朸」、「棱」是完全雙聲。

〔陰〕與「闇」同音。《尚書》：「梁闇三年。」《論語・憲問》：「諒陰三年。」「闇」，作關上門解，關上門屋裏自然就黑暗了。「侌」，云覆日也（指天氣）。「暗」，日無光也（指天氣）。「陰」，草陰地也（指蓋起來）。「闇」，閉門也（指遮蓋起來）。

《周禮・冬官・匠人》：「兩山之間，必有川焉。」中國的地名有很多是根據地理來的，如「洛陽」在洛水之北。

「侌、暗」、「陰、闇」，是同義，不是孳乳的關係，都與日光有關係，可解為日光照到的地方是陽，照不到的地方叫陰。追索它們的語根是「幽」。「幽」，《說文》中有四義：（1）隱蔽的意義。（2）濕也。日光照不到的地方就濕，因此證明：「湆」，濕也。（3）黑也。太陽照不到的地方就黑。（4）《說文》「黝」，是深黑色。

〔陽〕：高明也（不等於「高也，明也」，也不等於「高而明也」）。原意是：陽可作「高」的意思，由高引出「明」。因為從「阜」，故高。

《爾雅・釋山》：「山曰夕陽，山東曰朝陽。」（夕陽亭、朝陽門）古人分東西南北，都和「日」有關係，古時「夏至」叫「南

至」，「冬至」叫「北至」。《說文》：「昜，日出也。」「暘，日出也。」

「陽」的最初的語根是「光」，因此有的「陽」、「陰」就作「光」、「暗」講。如《洛神賦》：「神光離合，乍陰乍陽。」「陰」、「陽」作暗、明講，「乍」，音 zhà。「煬」，炙燥也。「炙」，是肉，就是把肉弄乾，古人把肉弄乾，是用太陽曬。「陽」的對轉的音是「霴」，「霴」是雨雲罷貌。

〔陸〕：高平也。《莊子·馬蹄》：「翹足而陸」。「陸」作「跳」講。秦以前把南方的地方叫「陸梁」，《史記·秦始皇本紀》：「略取陸梁地，為桂林、象郡、南海。」即指現在廣東、廣西南部。

《說文》「坴」（卷十三下，土部）：土凷（kuài）坴坴也，一曰坴梁。「鼀」（卷十三下，黽部）：詹諸（蟾蜍）也，其行先先。「其行先先」，即跳也。「凷」，即土塊。「坴坴」，是土地的裂紋。「陸」最早的得聲是「兂」（六），「六」是地的裂紋，裂紋代表跳。「兆」，是燒龜板時的裂紋，「灬」（兆），即古「跳」字。「趒」，雀行也。「卜」，爆（抛）也。走得快為「趲」，「趲」，輕行。「自暴自棄」，「爆」，即抛棄也。「怠慢僄棄」。「跳」就有「抛」的意思。「赴」，跑去，跑、跳義近。死人後要「赴告」，現為「訃告」。

「陸梁」，《莊子》謂之「跳樑」：「跳樑乎井幹之上。」後來改為「跳踉」。「跳樑」是不好捉摸、不好治理的意思。「夌」、「陸」是雙聲，「夌」亦作「跳」解。現在語言中有「俐落」，實際是「厲陸」。「厲」，是涉水。

〔阿〕：解釋是根據《詩經》：「菁菁者莪，在彼中阿。」「阿」《毛傳》解為「大陵」，許氏是根據《毛傳》。《詩經》：「有卷者阿。」《毛傳》解釋「卷」為「曲也」。「阿」就是不平的「陸」。「大」和「曲」的意思有關，「奇」，大，曲刀也。「曲刀」即大刀。

「谷」，音具，口上阿也。「脚」（腳）從谷。「𧮫」，音 gǔ。「浴」、「俗」從谷。「阿」就是曲，《周禮·冬官·匠人》有「門阿」，捲簾的房頂。「四阿重屋」，「阿閣三重階」，「樗（樗）有四阿」，即樗上有四處彎曲的牙子。凡是曲流的水也叫「阿」，「汾之阿」。凡不平直的全叫「阿」，因此也可形容行為，如《離騷》：「皇天無私阿兮。」人凡是有所偏，古人謂之「阿」。「阿」的語根跟「噱」有關係，「大噱」即「大吃」。

漢以後的語言，「阿」常作虛詞用，最早的是漢樂府《烏生八九子》：「阿母生烏子」。人名加「阿」三國時才開始，呂蒙叫阿蒙，孟康小名叫阿九。自稱加「阿」，南朝宋范曄的妻子自稱「阿家」。（范曄作《後漢書》，未完，下獄死，其妻續完）。這種「阿」字的來源與前者不同，來源於發聲詞「呵」，是由「呵」變來的，因此證明有許多虛詞是由「呵」來的。「可」最初不是動詞，是表肯定語氣的；不肯定用「何」；表示發怒有感情作用的用「訶」，後來成語氣詞。古文中的「也」，即ē，也用「猗」代表ē，最初用「猗」不用「也」。

《尚書·秦誓》：「如有一介臣斷斷猗。」《詩·魏風·伐檀》：「河水清且漣猗。」

《詩·商頌·那》：「猗與那與，置我鞉鼓。」前面的「猗」無義，古時歌唱多用之。《漢書·武帝紀》：「猗與偉與！」

孔子與子貢說話，孔子聞之歎曰：「賜，汝偉為知人。」（《大戴禮記·衛將軍文子》）「偉」，是語氣詞。現在有的民族還在用，如「阿得偉」，皆由《說文》的「呵」而來。

〔陂〕：音皮，阪也，一曰沱也。段氏改為「一曰池也」，這是改的對的，段是根據《初學記》改的，《初學記》中引《說文》有一個「池」字，《初學記》可能引的是《字林》。說解中的字正篆不一定有。段氏說「陂」等於「坡」，就是斜坡，是同一來源。「陂」又訓「池」，就是周圍是斜坡，中間常常是蓄水的，因此「陂」也可作「池」解。《漢書・高帝紀》：「母媼嘗息大澤之陂。」《詩・陳風・澤陂》：「彼澤之陂。」全是指外坡。《世說新語・德行》：「叔度汪汪如千頃之陂。」《禮記・月令》：「毋漉陂池。」因此「池」也有兩個意義，一曰邊上叫「池」。《禮記・喪大記》：「魚躍拂池。」「拂池」即碰邊也。左思《嬌女》：「衣被皆重池。」「池」指邊也。

《說文》沒有「池」字，有「隄」字，唐也。擋水的叫隄，水的邊涯叫堤，所以堤是塘，池塘是中空的。「唐」，大言也，空話也。「唐」，從康，「康」下面是「米」，去米者是空的，「唐」，空也。又稱「荒唐」。「陂」有斜的意思，「頗」是偏頭，頭稍歪也，「尫」（跛），腳一長一短，斜也。「披」，從旁持也，沒正穿也，都有斜的意思。

〔阪〕卷一四下：「阪」和「陂」是雙聲字，也是一個語音變化的兩個詞。「陂」歌韻，「阪」寒韻。《詩・秦風・車鄰》《毛傳》：「坡者曰阪。」「澤障」，擋水的東西，即「池」也。「阪」是種田的地，「阪生」。「坡」與「阪」，斜形的特點是相同的。後來分為三意：「坡」，無論大小斜度皆謂坡；「陂」，專指有水的地方；「阪」，專指長坡。坡、陂、阪，三者特點相同。

〔阪隅〕：是連綿詞（疊韻（侯部）的連綿詞），古時連綿詞可以分開用。古漢語中「猶豫」、「彷徨」等連綿詞都能分開用。連綿詞在語言中，也常用一個形體代表兩個音節。《說文》中「廌」（zhì）是一種獸（「解廌」，獸也。本名「解廌」，後來作「獬豸」），這種獸專

牴壞人，古時法庭上常畫這種獸，因此《說文》中的「法」字作「灋」。古時「廌」不與「解」連用。章太炎認為「廌」就念兩個音，讀為「解廌」。《左傳》中「廌」又讀xiè，如《左傳·宣公十七年》,「使郤子逞其欲，庶有廌乎？」「廌」，音 xiè。

「陬隅」，有棱角的山，並且很高。《說文》「卪」，音節（jié），陬隅高山之節。《詩·小雅·節南山》:「節彼南山。」「節」即「卪」。太炎先生說，「陬」又可念節。「卪」是「陬隅」的語根。再擴展為一切的棱角也叫「陬隅」，《史記·絳侯世家》:「後吳奔壁東南陬。」（東南陬即東南角）「隅」用的就更多了，如《古樂府·陌上桑》:「日出東南隅。」「陬隅」也作旁邊講。

〔險〕:「危險」。「危險」原意是形容高的，《說文》在解釋某詞時說:「危，高也」，可見危作高講。《論語·憲問》:「危言危行。」鄭玄說「危」作高解。「危冠」，高帽子。唐詩中有「危樓」、「危城」，「危」都是高的意思。「險」的本義也作高解，「嶮」，高也。「嶮」同「險」。形容道路「險隘」，是又高又窄。由高引申出來「危險」一詞。

「險阻」是古時常用的合聲詞。「山川險阻」，又高又不好走，因此引申出困難之意，《爾雅·釋詁下》:「險，難也。」《左傳·僖公二十八年》:「險阻艱難備嘗之矣。」一個人的行為很難揣測，也叫「險」。如按聲音來說，「險」和「嚴」是一個聲音，「嚴」亦作高解。此外「厜」、「崒」、「岑」皆屬一個韻（添韻），皆有高義。

《說文》卷一〇下「憸」（音 xiān）:詖也。用奸憸不正的手段謀取私利的人是偽善之徒。而他的行為就用憸來形容所以憸表示人的行為，憸字是從「險」孳生出來的。

〔限〕卷一四下:古代劃界線大都以山為標準，如《戰國策·秦策一》:「南有巫山、黔中之限。」故「限」字從「𨸏」。《淮南子》:「羊

腸坡是太行孟門之限。」因此又說成「門楣」，即「檻」也。《說文》
卷一三下土部有「垠」，重文「圻」，音其，對轉音。地，垠也。土地
的界線叫「垠」，「垠咢（或堮）」，邊涯也。界線有時是直的、平的；
有時是曲的、不平的，全叫「垠咢」。花萼的「萼」是由「咢」來
的，即花邊也。《周禮》鄭玄注：「畿猶限也。」「畿」、「限」是對轉
的音。「畿」有兩義，王國的邊，亦作門檻解。《詩・商頌・玄鳥》：
「邦畿千里。」《毛傳》作邊界講。《詩・邶風・谷風》：「薄送我
畿。」「畿」，門檻也。「畿」，從幾得聲。「幾」，從𢆶從戍，《詩經》：
「𢆶而兵戍之。」「𢆶」即邊也，「戍」以兵守也。國界有限制之意，
故又可作限制解。「畿」也有限制之意，如《周禮・無官・宮正》「幾
其出入」，與「限」同。「幾」為畿的假借字。

　　《禮記・王制篇》：「關執兵以誠。」「誠」，考查也，諫也，有限
制之意，後稱「譭謗」叫誠。「限」可訓止、考查、監督，所以有
少、小之意。考戁有精微之意，故現在說「有限」，即少的意思，還
有「幾」（卷八上，音 jī），精謹也。

　　〔阻〕：「險」、「阻」常連用。有時有和「陰險」差不多的意思；
有時又有不同。「阻」有橫遮的意思，「險」訓高，「遮」可訓「阻」，
不能訓險。從阻聲的有「柤」（音查），木閑也，即用木攔起來。
「柤」和「槍」古時是一個聲音，《漢書・揚雄傳》：「木𤔌槍纍。」
「槍」是攔阻人的東西。「距馬槍」，把尖的木頭埋起來，尖朝上，以
為攔阻也。「柤」與「詛咒」的「詛」也同，詛咒他人做事不成功，
也有「阻」的意思。

　　〔陮〕：音 duì。「陮隗」，形容高而不平。《詩經》中形容山高有
兩種：一種是「土戴石」，這是上面不平的高；一種是「石戴土」，這
是上面平的高。古代形聲字的偏旁寫法不一致，如「阝」（阜）可寫
作「山」、「石」，因此「山」部有「崔嵬」。崔嵬與「陮隗」相同。

《莊子》中有時不用偏旁，寫作「畏隹」。隹隗亦作「崔巍」（現在寫作「魏」，去掉了「山」字）。「磋峨」，《說文》中是高而不平義。「厜㕒」，意義亦相同。

〔阭〕（卷一四下，音 yūn）：應是「陖」的重文。山部「㕙」，重文為「夋」，這幾個字除偏旁不同外，意義全一樣。「㕙陗」，是直上的高。《詩・大雅・崧高》：「崧高維岳，駿極於天。」（指的是華山）馬之良好者謂之「駿驍」，「駿」，高馬，「驍」，勇馬也。稱人勇敢用「驍勇」。

〔陗〕：直上直下的高。《說文》手部「掣」，形容人的胳膊，故曰人臂貌。《周禮・冬官・輪人》：「望其輻，欲其掣爾而纖也。」「掣」，慢慢（漸漸）而往上去（由下向上）。而由大慢慢而小叫「陗」。「陗」、「削」亦同義。「梢」，也是漸漸地往上越來越小，如「樹梢」。

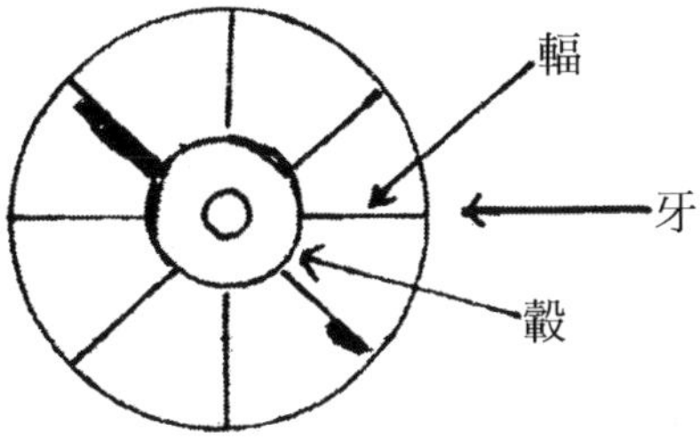


「哨」，《說文》卷二上：「不容也。」因為小，所以不能容也。「哨」，罵人也。不能容人也叫「哨」。「綃」（卷一三上，音 xiāo），絲裏最精細的，《說文》：「生絲也。」

「霄」，《說文》卷一一下：「雨霓為霄。」即「稷雨」，下小冰碴，有小的意義。

「肖」，《說文》作「似」解，指細微的地方。

〔隙〕：文獻中不見此字。

〔隥〕（音 dèng）：隥道，又名閣道，山中的小窄路。班固《西都賦》：「陵隥道而超西墉。」「隥」，從登得聲。《說文》「登」，上車也，從「癶，豆」，象登車形。「豆」，本祭器，這裏不作祭器講。古時上車有一個登車的東西，所以「豆」又是登車的器物。不論祭器或登車之器，都是直立形的。《周禮・冬官・瓬人》：「豆中縣。」（縣即懸）《禮記・祭統篇》：「夫人薦豆執校。」「薦」是擺上。「執校」，即拿的要直，不能偏。「頭」，是垂直的，「脰」（卷四下，音 dōu），脖子，也是直的。

「豈」，從豆，《說文》中有三義：「欲也」（愷、覬）；「登也」；「隥，立也。」《揚雄・方言》郭璞注：江南人呼梯為隥。古時兵出去練兵或打仗叫「治兵」，打仗回家叫「振旅」，《說文》卷五上豈部，豈（音 qǐ）：「還師振旅樂也。」作振旅儀式時所奏的音樂，今為「凱」。「凱」，即音樂。「壴」，樂器垂直放也。樂有快樂之意，故又訓「壴」，又訓「覬」。

晉代諷刺王謝貴族的歌謠：「上車不落則著作。」「不落」，即能站也，能站的小孩則可為「著作郎」（官名）。

「鐙」：即燈。

〔陋〕：卷一四下「匼」卷一二下（音 lòu），側逃也，從匸（音西），丙聲。「匼」，音漏，由邊上擠出去叫「匼」；由縫兒擠出去叫「扁」（漏）。這兩個字全是漏掉的意思，這是共同點。

「丙」的古音在《唐韻》裏念 bǎng。丙即後來之膀。《太醫經》：「丙象人肩。」《說文》中用「封」代替，「封」古音 báng。對轉的音「髆」（卷四下，音 bó），肩甲也，髆就是膀。「膀」、「髆」都有旁邊的意思。《山海經》：「東望恒山……各在一髆。」「髆」，旁邊也。

「匼」和「陋」有無關係？「陋」不作漏掉解，但也有邊兒上的意思。《尚書・堯典》：「明明揚側陋。」莒國作戰敗了，為什麼呢？

《左傳・成公九年》：「恃陋而不備。」即邊上的地方不備也，也就是偏僻的地方。《左傳・成公九年》：「莒恃其陋而不修城郭。」又《荀子・修身》：「少見曰陋。」由旁邊的意義引申為險路，不平的山邊路。與陋同音的「僂」，人體曲也。「僂」，尪也，厄也。《禮記・檀弓》：「童汪（尪）」，「童」，秃也。「尪」，面向天，前胸後背出者。

〔陝〕：音俠，隘也。「陝」與「陝」不同。「陝」，《說文》作「陝」。「隘」，兩山之間的一條小路。陝的楷書易與「陝」相混，故楷書寫作「陜」。《十七史・百將傳》：「遣騎侯四望陝中凵虜。」「陝」亦作峽。四川有三峽。《荊州記》記載三峽：「重巖疊嶂，隱天蔽日，自亭午夜分不見日月。」可見是兩邊有山，「峽」是兩山中間夾持之路。「夾」，持也。「持」，兩邊的意思。「挾」、俾（並義）持也。「鐵」，冶鐵。蝴蝶也叫「蛺」，兩邊有翅之故也。

〔陟〕（卷一四下，音 zhì）：《說文》：「屮，腳也。」「屮」，踏也。」「屮屮」，音 bō，腳跟相對成八字形走路。「彶」，步也。「彶」，過也。「彶」，夅也。上陞曰「陟」，下落為「降」。《詩・周南・卷耳》：「陟彼高岡。」「陟」、「降」連在一起用，不作上下之義解，作「來到」講。《詩・周頌・閔予小子》：「閔予小子，念茲皇祖，陟降庭止。」「陟降」，作「來了」講。

「陟」，古音念「德」，在德韻。「咸陟」，鄭玄注：「陟之言得，讀若王德翟人之德。」「陟」，古音與德、得同音。

「德」，古時不作「道德」講（作「升」解），道德的德是「悳」，是「德」的半邊，後來都用「德」。《史記・項羽本紀》：「吾為若德。」《漢書》為「吾為若得」。「德」即「得」也。唐詩「千水千山得得來」，「得得」即「陟」也，也就是「德」，升的意思，就是上得越高，周圍的山就都來了，都看到了。「得」和「登」是同一個語言，《左傳・隱公五年》：「登來之也。」「登來」讀「得來」，「得來

之者」，齊人語也。「得來」，即「得」（děi），得到也，捉住也。「德」和「登」正是古音的對轉，「德」是「登」的入聲，「德」、「陟」、「登」，可看出是同一語言。「陟」，音 chì。

〔陷〕：「臽」，小阱也。凡是高的東西潰下來叫「陷」，凡是一個東西深沒到地裏面也叫「陷」。「陷溺」，深沒也。「窞」，坎中小坎也。「坎」（卷一三下），即陷阱也。《說文》「坎」亦作陷阱解。坎裏面又有小坎。《易經》「坎」亦作陷。「⚏」，陽爻，深之沒念爻。「坎坷」（雙聲溪紐連綿詞），亦作「轗軻」，是反義詞，「坎」是陷下，「坷」是凸出。《說文》卷九上：「厄，科厄，木節也。」樹身突出的疙瘩也叫節。「坎坷」，不平也。「坎」有時作突出解，如「門檻」，相反的意義有時對轉。「凵」，音坎。「𠙴」，張口也。

「𠙵」，古文齒。「𠙷」，古文臼。「凶」，從凵，象交陷其中。

〔隰〕（音 xí）：《爾雅·釋地》：「原、阪、隰」，這三者都為可登之地。「原」，是可耕之地，高平地。「阪」，是斜坡可耕之地。三者都是可耕之地。《周禮·地官·大司徒》：「辨其山林、川澤、丘陵、墳衍原隰之名物。」「原」和「隰」皆可種也。《詩經》中「原」和「隰」常連用，如《詩·小雅·皇皇者華》：「皇皇者華，於彼原隰。」「原隰」是最肥沃之土地。

「㬎」，七卷上日部，《說文》中對這個字有三種不同的解釋。

第一，「㬎」音 xiǎn，古文為「顯」字，太陽下的「絲」，陽光下最微小的地方也可照見。《詩經》中「不顯」亦用「不㬎」。

第二，「㬎」音 yīn，或眾口兒，讀若唫唫（yīn），這個字的上邊可能被誤認為是「曰」字，而不是「日」字。

第三，「㬎」，音 jiǎn，或以為「繭」字，「繭」者，絮中往往有小繭也（不是蠶繭）。「絮」，敝綿也。唐以前所說的「綿」是熟絲，六朝以後中國才有棉花。棉花來自印度，當時被稱為「劫貝」。絞絲時

剩下的「絓頭」，即絲渣也。「繫繶」，是剩下的小圓疙瘩，弄不開的，其古音為「he de」。直到漢朝還這樣念，即現在念的「紇縫」。這第三個解釋，認為上邊的「日」不是「日」，是「⊙」，象紇縫之形。

「湮」，從水從土，垔省聲。「隰」和「湮」是相同的，皆為下溼義。「隰」和「塓」可認為是同一個字。

「墊」，窪下的地方，同窫，「隰」和「墊」亦同。

〔陬〕（音 qū）：敧也（「敧」，陬也，從危支聲，音 qī），山不平。「敧」和「陬」是雙聲連綿詞，山路難行叫「陬陬」，後皆寫成「崎嶇」。山路不好走，因此引申為「不安」的意思。《舊去來辭》：「亦崎嶇而徑邱。」腳站不穩也叫「崎嶇」。古人把盛酒的東西叫「敧器」。該器物平時不倒入酒是斜形，倒至中平則正，倒滿則傾，酒皆出也，這個詞也有斜的意思。

「傴」（卷八上，音 yǔ），僂也。來源於「句」（章句之句亦作「勾」），「勾」，曲也，斷句的地方用「鉤識」，形如「ㄴ」。「勾」、「曲」相通，「句讀」亦作「曲度」。文章中可斷的地方叫「句」，歌中叫「曲」，齊謂歌為「謳」（卷三上，音 ōu），吳謂之「歈」（卷八下，音 yú）。

〔隤〕（卷一四下，音 tuí）、〔隊〕：兩個字對轉的音是「隕」。「隤」、「隊」、「隕」三個字是一個意義，它們雖然寫法不同，聲有小異，但可認為是相同的字。「隤」從「貴」得聲。「穨」，《禮記・檀弓上》：「泰山其穨矣。」「穨」即「隤」。「隊」，石部中有「磓」，亦作掉下來解，因此「磓」與此三字同義。「碩」，落也，亦與此三字同義。「抎」，音允，有所失也，《呂氏春秋・音初》：「王及蔡公抎於漢中。」「抎」：「有所失也。」或墜落。「損」，（損失）減也，這些字意義雖有細微區別，但有聯繫。「閔損，字子騫。」《詩・小雅・無

羊》：「不騫不崩。」「騫」，掉下也。《左傳・成公二年》：「子國卿也，隕子辱矣。」「隕」，損失也。

「隊」，《左傳》有兩個意義：（1）從高隊也，同隤。《左傳・襄公十年》：「主人懸布，堇父登之。及堞而絕之，隊。則又懸之，蘇而後上者三，主人辭焉。」這些勇士「以城隊」。（2）又作軍隊的「隊」解，一般人皆認為此為假借字。軍隊用「師」字、「帥」字，此二字從「𠂤」，「𠂤」音堆，與「隊」同音。

〔隍〕：《說文》解釋字義大多用本義。文字學解釋字義是形體和意義完全一致的。形體和意義不一致的是引申義，或假借，但《說文》中的字有時並不是用本義解釋。

「隍」：（音 niè）是會意字，「隍，法度也。」形體與意義不一致，段玉裁認為這是假借，本應是「臬」（射準的也），「法志」就是標誌出來的東西。「臬」，就是法度。小徐本「臬」讀自聲，「自」作鼻解，鼻子也叫「準」，如「隆準」。《禮記》：「槷」（槸），《考工記・匠人》「置槷以縣」。鄭玄注：「槷，古文臬，以所平之地，樹八尺之臬，以縣正之。」《周禮・冬官》「審曲麵埶」，「埶」，音 yì，即今之藝，古時藝指種植而言，「面」，向著、朝著。「顈」（卷一二下，音 qì），從臬得聲。「槸」，從埶得聲。「臬」和「埶」同聲。〈笙賦〉：「審洪纖，

面短長。」「曲」，訓規矩，古時「曲」為「」，象勾

股形。《周髀算經》，「周髀」是儀器。《禮記・文王世子第八》：「曲藝皆誓之。」

《左傳・文公六年》：「為之律度，陳之藝極，引之表儀，予之法制。」凡「藝」做法度解皆「臬」字之假借。周之「六藝」即法度。漢的「六經」即「六藝」，也是法度的意思。

「勢」，從執得聲。古人使用立表、立戈的辦法而測影，因此有地勢一詞，後來又有形勢這個詞。

《秦誓》：「邦之扤隉由一人。」認為「扤隉」是連綿詞，班固也認為是連綿詞。有人則認為不是。

賈侍中（賈逵）是許慎的老師。「扤隉」是山高而不穩固，故訓「危」。《說文》卷六下「出部」，「槷𡴎」，不安也（即「扤隉」），其源出於《易經》「困卦」上六「臲卼」（nièwù）。

〔陀〕：音赤（古音就念 duò），小崩也。《孔子集語》：「山陵崩陀。」《後漢書・黨錮列傳》：「綱紀隤陀。」即法紀墜落也。「陵遲」應作「陵陀」。「迆」（卷二下，音 yǐ），衺行也（衺行即斜行），因此又可作「陵迆」，皆是由上落下也。

〔隓〕（卷一四下，音 huī）：敗城阜曰隓。小徐本有「墜」，大徐本作「隓」。小徐有「讀若相推落之𡓭」，可知又讀「揮」，又讀「隋」，卷九下，音duò），其義是人力使之落也，是人為的，不是自落。

〔陊〕（音 duò）：古書中不常用此字。

「弛」，弓解弦也，有鬆懈之義。古「懶惰」的「惰」也有鬆懈之義。《說文》「氏」（卷一二下，音 shì），「巴蜀山名岸脅之旁箸欲落𡓭者，曰氏。」

「岸」，邊也，「脅」，兩邊也。《漢書・揚雄傳》：「響若氏隤。」

「氐」，音底，岸之根著地叫氐。故此「柢」作氐解。「氏」發展為以下兩個意義。

第一，姓氏的氏，漢以前姓氏不同，「姓」是由母系來的，一個姓是一個血統。「韓、趙、魏」是三氏，但皆姓姬。後來傳下來的全是氏，所以現在我們只知道氏。司馬遷把姓氏混在了一起，如「漢高祖姓劉氏」。

第二，上往下落也，但皆不用氏，而用「陀、隓」代替。

〔陂〕：不正也。「傾」，也是不正的意思。「頃」，頭不正也。三字皆同也，所不同者，從「人」，從「阜」，從「頁」。

《禮記・祭義》：「君子頃步而弗敢忘孝也。」鄭注，「頃」讀為「跬」（xī）。「奊」（卷一〇下，音 xié），頭斜，「𢻱」（卷八上，音 qì），頃也。《詩・周南・卷耳》：「采采卷耳，不盈頃筐。」「𢻱」和「觭」（卷九下，音 qī）音近義同。

〔阬〕：（門）閬也。「阬閬」是個疊韻連綿詞，代表高的意思。《說文》卷一二上：「閬（卷一二上，音 làng），門高也。」凡是高大的，都有空虛的意義。〈甘泉賦〉中有「東阬」（高大之山）。揚雄的賦裏有：「閌閬其廖廓兮。」《說文》卷四下「歺」（cǎn）部，「㲿」，音 jǐng，阬也。「塹」，音 qiàn，阬也，一曰大也。土部「埂」，秦謂阬為埂（gěng）。「睿」，音 sùn。「睿」，歺殘地，阬坎意也，皆有空虛之義，故與高大空虛有關係。「伉」，人名，春秋時人。「健」本來作高大講。「狁健」，犬也，高大之狗。「抗」，「大侯既抗」，「侯」，射箭的目標，即的。「抗」，高舉也。《說文》：「舉」訓「對」，凡是舉起來的意義皆有「對」的意義，故「抵抗」、「抗衡」皆有相對之義。夫婦稱「伉儷」，也有「對」的意思。「當」也有「對」義。「抗」，扞也。「亢」（卷一〇下，音 wāng），人頸也，是人之喉處。「亢」，鳥之喉嚨。「亢」，項也。「絕亢而死」。「亢」有直立之意，有舉的意思，高的意思。《禮記・明堂位》：「崇坫康圭……天子之廟飾也。」「康」即「亢」，「笐」（卷五上，音 gāng），竹列也（用竹作的衣架）。

隫（音 dú）：通溝也。通溝以防水者也（小徐本，段根據小徐本）。「通溝大漕」，即田畝間之溝洫，防水，蓄水也。讀若瀆，「瀆」，溝也，意義同（小徐本讀若「洞」）。與「竇」也有關係，「竇」，《周禮・冬官・匠人》鄭注：竇，宮中水道，地下挖空也。「竇窖」。《周禮》「四竇」即「四瀆」（江、淮、河、濟四條大水），

《爾雅‧釋水》：江、河、淮、濟為四瀆。四瀆者，發源注海者也。「墓門之瀆」，皆為挖空而通水也。「𧶠」（賣）、「𧷴」二者不定。

古音「喻」可念「瀆」，《史記》「牏」（音頭），《漢書‧萬石君傳》：「取親中裙廁牏身自完滌。」「親中裙」即今之褲衩也。古時廁所謂之「行清」，「牏」（卷七上，音 tóu），行清中受糞函者也。木頭鑿空的叫「牏」，故有空的意思。段注卷七上「片」部「牏」：「東南人謂鑿木空中如槽為牏。」「匵」、「櫝」，匣也，中空。「牏」，受糞之匣。「俞」，空中木為舟也。

〔防〕：隄也。凡是防止、防禦、敵防，皆用「防」。「妨礙」用「妨」。《說文》中「防」與「妨」不同。「防」，山坡的旁邊，山坡之邊大都有水。「坊」即「防」，亦作「墢」。「祭坊」（見《禮記》），《禮記》有一篇名〈坊記〉，鄭注，用六藝來防止人犯過失叫《坊記》。現在「街坊」用「坊」，「牌坊」，與「防」不同一源，是另一回事。古時里門謂之「坊」，「行有坊表」。到後漢，街的名字叫「坊」的很普遍。漢朝洛陽有「九子坊」，即今「街坊」之來源。晉有「綏福坊」、「休徵坊」、「延祿坊」。「祊」（卷一上，音 bēng），祊門內祭。《爾雅‧釋宮》「閍」，謂之門，因此，凡是門皆謂之祊。「牌坊」是門的標誌。

「浦」（卷一一上，音 pǔ），瀕也，水之邊也。「旁」、「溥」、「防」，都是邊上的意思。

「丙」（膀子），邊也。「防」由「丙」而來，「防」、「浦」雙聲。

「房」，也有邊的意思，古時房子皆在旁邊。祭祀有「房俎」，半牲，「全俎」。還有隱藏之義。射箭人射箭，主要是射侯，旁有唱射者，其手持護身之器曰「防」。

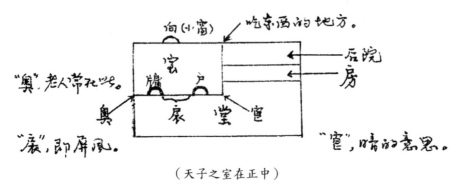

（天子之室在正中）

（此圖不太準確，房應占少點，在室的一邊，不應占二分之一，故此說明。）

〔阯〕：阯，基也。段注：城阜之基也。「封禪」：「封」，高地祭也；「禪」，平地祭也。《史記·封禪書》：「禪泰山下阯」，山足為阯，人為趾。《爾雅·釋言》：阯，足也。「沚」，小渚曰沚，水中有一小塊陸地，即水中人可以有立足之地，有可居止之地也。

《爾雅·釋宮》：「室中謂之時」，「時」、「阯」古時為一韻。「時」是可以立足之地。《詩·王風·君子于役》：「雞棲於塒。」「企」，從止聲。「基」，《詩·周頌·絲衣》：「自堂徂基。」「基」，是下邊之基礎也。「基」、「阯」聲近義近。「時」（卷十三下）：「天地五帝所基止祭地。」「五帝」，是中、東、西、南、北五個神。「時」，最早記載在秦襄公「西時」，在秦時才有「時」。杜詩「鄜時」，「時」，神所居之地也。

〔陘〕：音 xíng，山絕坎也。窪地為坎。《爾雅·釋水》：「正絕流曰亂。」「絕」就是橫著截開。山橫著分開中間有坎，叫「陘」。陘，即兩山中間之道也。《左傳·僖公四年》：「師進次於陘」，「師退次於召陵」。

「陘」（卷一四下，音 xíng）指山間之道也。河北有八陘，「陘」分別兩山之名，如常山有「井陘」，常山原為恒山，因漢朝有一皇帝

叫「劉恒」，避諱恒字，故將恒山改為「常山」。山谷叫「陘」。「巠」，（音 xíng），深坑也。「井」，可念 xíng。

〔附〕：附婁，小土山也。

　　1　「附（音 pǒu）婁」，《說文》認為是同韻連綿詞。《左傳・襄公二十四年》：「附婁無松柏。」小土山上不長松柏，現在《左傳》為「部婁」。許書中「附婁」作「培塿」。「附」，不是現在附屬之「附」。「附」也作小解，《易經》井卦，「谷射鮒」，「鮒」是最小的魚。揚雄《方言》：「東陽之間謂短曰府。」「府」有小的意思，「附」也有小的意思。「附婁」又作「僕邀」，《漢書・息夫躬傳》：「僕邀不足數。」「僕邀」，微小也。

　　「僕」、「附」聲近。《詩・大雅・既醉》：「景命有僕。」「僕」，附也。《禮記・考工記》「欲其僕屬」（輪有轂、牙、輻），意即做輪子時要求附著結實。人短小駝背稱「痀婁」。「墣」，小塊，小土塊也。由此證明高帝常常罵人「腐儒」，實際不是腐朽之儒，而是「侏儒」。此外有「鯫生」鯫，卷一一下，音 zōu、「豎儒」，皆與「侏儒」同義，與「附婁」同，「不能長松柏」，謂無用處也。

　　2　《左傳・襄公二十四年》：「附婁無松柏」，比喻小的國家沒有發展。小土堆與小國家有關係。「附婁」轉為「培敦」。《說文》：「培」，培敦，土田山川也。周時土、田、山、川由君賜給，《詩・大雅・江漢》：「錫山土田」，即「賜山土田」。《左傳・定公四年》：「分之土田培敦」，「培敦」即小土堆，古時以小土堆為劃界線之標準，以此為界也，即今之界碑。

　　《呂氏春秋》作「葆禱」，亦即土堆，以小土堆為界線也。《九章算術》為「堢壔」，「圓堢壔」、「方堢壔」。《說文》：「塙，保也，高土也。」即「培敦也」。「堡」，高土也，由界線而成為「堡」，《禮記・檀弓》：「遇負杖入保者息。」

　　3　現為「附屬」之「附」，有增加之義。《說文》：「坿，益
也。」現在「坿」寫成「附」字。《論語・先進》：「季氏富於周
公……而附益之。」意義雖有區別，但又有聯繫。

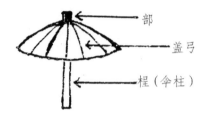

部
蓋弓
桯（傘柱）

　　4　「部」，《說文》作地名講，不作「分部」之「部」解。今義
之由來，「附」、「部」聲近，這是分部之部最初使用的痕跡，《周禮》
謂乘車之上有蓋，即車上之傘也。《周禮・冬官・考工記》：「輪人為
蓋，達常圍三寸，桯圍倍之，六寸。信其桯圍，以為部廣，部廣六
寸，部長二尺。」「桯」（桯，卷六上，本義為「牀前幾」。他丁
切。）同「楹」，傘柱也，柱上頂頭部分叫「部」，又叫「蓋斗」。「蓋
斗在中」，「蓋弓二十有八」。《史記》曆書，「方士唐都分其天部」。
「天部」分成二十八宿，是由總樞紐分出來的。總樞紐叫「蓋斗」，
又叫「部斗」，「部斗」又作「保斗」。《論衡》「保斗」也稱為「蓋
斗」。古時研究天文的先找天的中樞，以北斗星為天之中樞。《論語・
為政》：「譬如北辰，居其所而眾星拱之。」由天之中樞分成二十八
宿，「天部」也叫「天保」，與蓋分出之蓋弓相似。「天保」即天之中
樞，《詩・小雅・天保》：「天保定爾，亦孔之固。」《詩經》一般將天
保注為「安定」，即地之中心。這是根據天之中心定為地之中心。《史
記・周本紀》「未定天保，天保定，依天室」，因此，周以「雒邑」為
「天保」（河南）（今河北有「保定」，即「安定」也），因此《詩經》
之「天保定爾」，亦指「雒邑」，「定」，指建好也。「部」之本字《說
文》中為「㕙」，音保。「保」、「部」同音。

〔阺〕（音 dǐ）：秦謂陵阪曰阺。「氏」，氏的本義只〈揚雄賦〉用過：「響若氏隤。」應劭的《後漢書》注：「天水有大阪名曰隴坁」，按應劭說「阪」也叫「氏」，因此「阺」也叫「氏」。段不承認，認為不同，他認為從「氐」得聲（皆歸十五部），和從「氏」得聲（十六部）的都不相同，段是錯誤的。

我們認為「陂」、「阪」皆是山脅。「氏」、「阺」相同，「氏」旁著，「氐」下著。《說文》：「坁」，著也。「氐」也可作「著」解。《左傳・昭公二十九年》：「物乃坁伏。」「汦」，著止也。「底」，止居，這兩個的意義可以相通。段強調兩者不同是錯誤的。

在訓詁學中常常用「通言」、則「別言」，其意思，由「通言」兩個詞是一個，由「別言」看則兩個詞有所不同。總的看來沒分別，但在具體運用時則有區別。段氏的「對文」，是指詞在具體運用中的比較，中國的同義詞在「通言」看是同義，但在具體運用時又有分別。因此「氐」和「氏」在具體運用時則有分別。由「通言」來看，「氐」（下著），「氏」（旁著），皆為「著」，意義有關聯。段認為絕對有分別，是站在了「別言」的立場上，根據是這兩個字聲音不同。但是我們認為聲也相近。「觝」（「觝」為「觶」的或體）、「舐」（zhǐ），酒杯也，證明：辰（聲）＝氏（聲），又如「蚳」、「蜓」（螞蟻之子），辰（聲）＝氏（聲），因此氏＝氐。《詩經》「漘」（chún），水厓也；「厓」，岸之坡；「阠」（shén），水阜也，岸也；「隄」也相同（「隄」、「祇」相同，只是寫法不同）。

〔阢〕（音 wù）：石山戴土也（相反的是「土山戴石」）。石山戴土就表現出是上平的，土山戴石是表現出上不平，《爾雅》也用這種方法說明上面平與不平。「兀」，高而上平。「阢隉」，不安，是危的意思，由此看來，「阢」又是上不平。《爾雅》認為「兀」後引申成為「崔嵬」，石戴土，上平。《毛傳》「崔嵬」，土山之戴石者，《說文》

也認為是上不平的。兩者解釋不同。因之，詞與詞，如從「別言」看有不同，若從「通言」看則有相同之處。

從「兀」得聲的字作高而上平解的多，如「髡」（kūn），鬀髮，即剃去頭髮，表現了高而上平，有髮則不平。無髮不能戴冠，是奴隸階級。《論語·為政》：「大車無輗，小車無軏」，「軏」，（軏，徐灝《說文解字箋》：「從元之學或從兀」。）音月。《說文》：「軏」，「車轅端持衡者」。「轅」，引車也，即車把也。古時有大車、小車，大車用轅，小車用輈（一個把的），「轅」駕牲口得用槅，古時大車用牛，小車之輈用衡。連接轅槅的東西是「輗」，聯繫輈衡的東西是「軏」。「輈」、「衡」表示高平之象，因此從「元」。「輈」，高起，「衡」，平也。

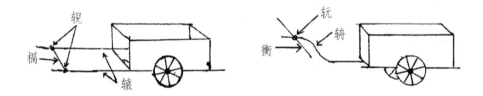

〔隒〕（音 yán）：崖也。《詩·衛風·葛藟》：「在河之漘」，《詩·魏風·伐檀》：「寘之河之漘兮」，《毛傳》：「漘」，在《葛藟》中注為「水隒也」，在《伐檀》注中為「崖也」，有細微不同。斜坡的為漘（卷一一上，音 chún），有棱角的坡叫隒（卷一四下，音 yǎn），陷立。《尚書·顧命》：「夾兩階戺」，「戺」（音 shì），堂簾曰沦。簾不是從門上掛下，而是從門的上面房頂掛下。「簾」訓「隒」，是因為它是直立下來的，即直上直下的。「隒」，帷也。古人的帳棚，頂子叫「幕」，四周見棱角的叫帷。古人結婚，車上有棚，似今之出殯時所用之棺罩也，有頂有帷。《詩·衛風·氓》：「漸車帷裳」，故「帷」、「幨」有棱角陷立，「兼」（清廉），亦有棱角意，與圓對立。

〔阸〕（音è）：塞也。「阸」與「隔」（障也）同音。「搹」（卷一二上，音è）「阸」：用手卡喉也。山路最險要的地方叫阸。山路可為屏障者戹叫「隔」。《左傳・定公四年》：「還塞大隧，直轅，冥阸。」此為一個險要之道。隘，道也。「冥阸」是河南信陽至湖北的要道，《史記》稱為「黽隘」，「冥」、「黽」同聲。「黽」、「隘」同聲。《戰國策・楚策》：「太子辭齊王而歸，齊王隘之。」注，「隘」，讀作阸，可見隘也是狹小的要道。「戹」，塞也。「嗌」，重文「」，咽也，即咽喉，即要路。要路和咽喉相似。大車叫「輻」，小車叫「軶」（卷一四上，音è），《說文》：「輻，大車軶也。」大車有輻無衡，輻形，放在牛的脖子上；衡形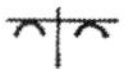（象「楔」形），衡上有兩個象月牙的東西，這是駕馬的。「楔」，本是古時塞死人嘴的，兩個月牙象楔，不過塞嘴時彎而下。

〔障〕：隔也。《通俗文》：「蕃隔曰障。」「蕃」，藩籬之「藩」，即屏也。在險要之地（山地）修築屏障，《史記・酷吏列傳》、《漢書・張湯傳》：「居一障間。」（說明兩軍很接近）注：「塞上險要之處，別築為城而為障。」《倉頡篇》：「障，小城也。」因此後來為「保障」之「障」，「保障」最初用於《左傳》，是可保衛之義。《左傳・定公十二年》：「且成，孟氏之保障也，無成則無孟氏矣。」「成」，地名。

「墇」，擁也（擁抱之義），意即周圍是山，中間是水，把水擁在其中曰墇。古時用「墇」，也寫成「障」，《呂氏春秋・貴直》：「是障其源而欲水也。」這個「障」引申為「障礙」之「障」，實際就是「墇」字。《國語》：「是障之矣。」《說文》中墇、障二字有區別，但以後皆用「障」字。

〔隱〕：蔽也。

1　蔽也，蓋起的意思，藏匿的意思。主要說山高而彎曲的地方

叫「隱」，故有隱藏之意。或者被別的東西擋住，可以藏匿也叫隱。
《左傳・襄公二十三年》：「踰隱而待之。」「隱」作短牆解，是跳過
短牆隱藏起來，也有隱藏之意。「隱」、「薆」是一個聲音，「薆」，音
ài，蔽不見也。《詩・邶風・靜風》：「愛而不見。」：「愛」與「薆」同。

「隱」、「翳」（音義）聲音相同。「隱」，翳也。《說文》：翳（音
yì），華蓋也。「華蓋」，用五色鳥毛做的傘。「乚」（卷十二下），匿
也，象迟（迟：卷二下，曲行也，音qì。）曲隱蓋蔽形，讀若隱。
《說文》中的「讀若」，說明後來的形體和古體字的讀音。隱有曲的
意思。

　　2　再引申到思想上的曲折，如《孟子・告子上》：「惻隱之心。」
《孟子・梁惠王上》：「王若隱其無罪而就死地。」心裏的曲折即悲痛
之意，《說文》作悲痛講的另有一個「慇」（卷一〇下，音yīn）字，
還有「悠」（卷一〇下，音yī）字，有曲折之意。《孝經》「哭不悠」，
鄭玄的解釋是「氣竭而息，聲不曲折」。《禮記》：「大功而之哭三曲而
悠。」「悠」同「偯」。「悠，餘聲從容」。「心折」，即心中很悲痛。同
祖父者期服，同曾祖者大功，同高祖者小功。

　　〔隩〕：水隈崖也。「隈」，水曲隩也。《爾雅・釋工》：「厓內為
隩，外為隈。」皆曲折也。

　　《說文》另有一個「澳」，澳隈厓也。「隩」與「澳」沒分別。這
兩個字皆與「奧」有關係。《詩・衛風・淇奧》：「瞻彼淇奧。」《說
文》「奧」寫成「奧」，宛也，室西南隅（有奧妙之義），這是房子最
好最舒服的地方。

　　〔隈〕：也有曲折之義。古時弓彎的地方叫畏：⌒。

　　〔礜〕，礜商小塊也。《說文》：「蠖」，尺蠖屈申蟲也（尺蠖是一
種害蟲。行進時身體一屈一伸，象用大姆指和中指量尺寸一樣移
動）。蠖不獨立，因此「礜」也不獨立。雙音綴的詞在古時並不一定

是雙聲連綿詞。「𨹖商」不是雙聲也不是疊韻。「臾」，是古文蕢，土筐也。蕢與凷（古文塊）音同，這兩個詞意思就是土塊，因此「𨹖」的由來是從凷，聲與義皆相同。「屆」，音 jiè，行不便也，一曰極也。（「尸」是「人」，古時仁義之「仁」寫作「𡰥」。）因路有小土塊，故行走不便。「極」即界線也，《詩・魯頌・閟宮》：「致天之屆」，就是致天給他的譴責。「屆」，即譴責也。

古代有許多字我們不必去管它，第一類，物器之名（有的知道，但有的到現在還沒見到過實物），如「莍」，莍椒，實莍（《說文》卷一下莍即裘）。古人的皮襖把毛揉成球（圓形），「揉毛為裘」，穿時毛向外。「芋」的解釋很可笑，《說文》：大葉實根駭人故謂之芋。小徐《繫傳》云：「芋猶言籲也。吁，驚辭，故曰駭人謂之芋。」起初造字是有根據的，現在這些根據已不明確了，就不必去管它。第二類，玉器的專名，如「玖」，石之次者。現在亦不知其解之根據，也不必追究。第三類，地名，當初命名有它的意義，由於歷史的變遷，特點消失。如「晉」，因為有晉水。「晉」為何叫「晉」？不知道。水名也不必細究。

〔陼〕（音 dǔ）：如渚者陼丘。《爾雅・釋水》：「水中可居者」叫洲，「小洲曰陼」。《說文》「洲」寫成「巛巛」（重川）。《爾雅・釋丘丠》：「如陼者陼丘丠。」《爾雅・釋丠》：「澤中有丘丠都丘丠。」「都丘」《左傳》作「瀦丘」。「島」，《說文》作「𡸇」，相同。

〔陶〕：再成丘也，即高土。「𡒆」，高土也，同陶。《說文》「陶器」之「陶」作「匋」，《荀子・強國》：「陶誕比周。」陶（音 yáo）通謠，「陶誕」即今之「搗蛋」，意思是「混淆是非」。

〔陧〕（音 zhào）：耕以臿（chā）濬（jùn）出下土壚土也。「濬」，取也。「臿」，古時的田器，即現在之「鏟」，「壚土」，《說文》說是「黑剛土」。「壚」有黑義，在開春時用臿把黑剛土鏟去叫

「隉」。《詩經・周頌・良耜》：「其鎛斯趙，以薅荼蓼。」「趙」，無法解釋，我們認為「趙」即「隉」。《詩・周頌・臣工》：「命我眾人，庤乃錢鎛。」「庤」，音 chì，準備也。「錢」，古時是鏟子，不作金錢解釋。「鎛」，鎒也，今作耨，耙類。「銚」、「耨」，《管子》、《莊子》中談到農具時用此二字作為兩種農具。《管子》：「銚耨以當劍戟。」《莊子・外物篇》：「銚耨於是乎始脩。」「銚」，也作鏟土解，動詞；鏟土的東西叫「銚」，名詞。《說文》卷一四上：「銚（音 yáo），溫器，一曰田器。」「㪻」，斗旁有㪻。《爾雅・釋器》：「㪻謂睫，古田器也。」莊子時代，「錢」已成為貨幣，故用「銚」，「銚」即現在的鐵鍬。也作「溫器」解，即現在的「弔子」，燒水用具，象壺類。中漥的田地叫「㪻」，因此㪻的特點是中凹。「刁斗」的形狀也是中凹。

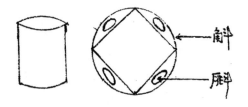

斛，外圓中方，圓與方之間有四個空隙，五個容積加起來為一斛。

〔阽〕（音 yán）：壁危也。古書皆用作「危」意。《漢書・文帝紀》：「或阽於死亡。」注：「阽，危也。阽，近邊也，欲墜之意。」《離騷》：「阽余身」，「阽」，危險也。「壁危也」，牆的最高處。《文選》：「阽」作房檐的「簷」，有人認為不對，我們認為對。

《說文》：「屵」，仰也，一曰屋簷也。齊謂之「屵」（卷九下），音 yán，大徐的反切音魚毀切 wēi。「楣」（卷六上，木部），齊謂之簷，楚謂之柅。由這兩個字可知「屵」有二義。（1）《說文》：「仰也。從人在廠上。」仰，瞻仰，有瞻的意思。（2）屋梠（lǔ），即屋脊，或曰房檐。因此「屵」與「阽」同義，同音。「坫」，音 diè（經

典中用得最多），是用土砌的高臺，是放酒杯的地方，可以放飲食的也叫「坫」，在堂中擺衣服的地方也叫「坫」。現在商店之「店」，即「坫」義，即擺陳的意思。「鋪」，也有陳列之意，故稱「店鋪」。

〔除〕：殿陛也，從阜餘聲。《說文》中有很多不常見的解釋，這些解釋是根據字的形體來的。這些不常見的意義對我們很有益，我們可以看到由不常見到常見的解釋的由來。《漢書・蘇武傳》：「扶輦下除。」「除」，指的是門至屏之間。俗稱「照壁」。

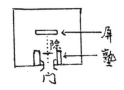

「塾」，相當現在的門房，是古時小孩子讀書的地方。《漢書・王莽傳》：「自前殿南下椒除。」「除」，殿陛之道也，即臺階。由此義引申為一切的道都叫「除」。《九章算術》：「今有衍除。」「衍除」即隧道也。《周禮》中的「衍祭」，是「下面祭」。《說文》的「除」，即現在的「途」，根據是「途」最初叫臺階，《爾雅・釋宮》中「堂塗謂之陳」，是指從門至堂的道。《說文》中沒有「途、塗」。「涂」，水名，門屏之間的道，常用「著」代表。《詩・齊風・著》：「俟我於著乎爾。」「著」，門屏之間。《左傳・昭公十一年》：「朝有著定」，「著」即除的代替。《爾雅・釋宮》：「寧」，門屏之間謂之寧。「天子當寧而立」。「寧」也是「除」的代替。一般古書「除」皆作「除去」講，《詩・唐風・蟋蟀》：「日月其除」，「除」，離我而去也，這個意義不是引申來的，是通假，是「舍」的通借。「舍」是捨去之意，《說文》卷二上八部，「余」，舍省聲。「舍」、「余」完全通用。「舍」原作「什麼」解，即今天的「啥」。《晉書・元帝紀》：「元帝微行，至河北岸，為津吏所止，宋典後至，吏要扣元帝，宋典鞭元帝之馬，曰：『舍，

長官禁貴人邪？』」「舍」作什麼解。《左傳・僖公九年》：「小白（齊桓公），余敢貪天子之命無下拜？」「余」，「什麼」的意思，不作「我」解，「余」、「舍」古音同。

「除」，在古書中還作「治理」解，古人說「治」，是指「治田」而言，治田是先除去荒草。《禮記・曲禮下》：「馳道不除。」

「除」和「旅」有關，《爾雅》：「旅，道也。」「旅」，除也。

〔階〕：陛。「階」訓「陛」，古人的房子有兩層臺階，東西各有兩層。《尚書・大禹謨》：「舞干羽於兩階。」「階」以兩個對稱的階得名，兩兩諧調，「諧」，合也。音樂上的和諧是「龤皆」，樂之和也。「騞」，馬和也。「皆」，俱詞也，即多數的意思。「咸」，古書中作「皆」字用，《說文》中「咸」作接吻解（多數也，二者合）。「階」，引申作「梯子」解，《說文》：「梯，木階也。」《禮記・喪大記》：「虞人設階。」「階」，梯也。

〔陛〕：升高階也。陛是由次比之意來的。《說文》卷八上「ヒ」（bǐ），相與比次也。「ヒヒ」同「ヒ」，「比」為何從反人，《說文》中「ㄗ」，人強調兩臂，舞用兩臂。「鹿」，鳥以「比」為足，「鹿」以「比」為足，「能」（熊）以「比」為足，古從反人，古人計算地畝是以步量，故曰「比次」，即是以步的次序來計算也。「坒」，地相次也，把地排列出次序叫「坒」。現在把事物排列出次序叫「批」，與「坒」意同，人群也說「批」，一批兩批，有次序之意。《說文》中的古文「ㅈㅈ」，是古文「陛」。開、笄皆從幵。「ㅈㅈ」，音kan，對構上平，即來源於「幵」，「階」就是對構上平。

〔阼〕（音zuò）：主階也。階是東西兩個，古人把東階算作主階，主要是主人所立的地方。《大戴禮記》：天子即位時，「武王踐阼。」「臨阼臨祭祀」《小戴禮記》。古代的「王事」就包括用兵和祭祀兩件事，《禮記・文王世子篇》：「周公踐阼而治。」《史記・孝文本

紀》：「辛亥，皇帝即阼。」主階就是天子之位，「公即位」、「公即立」，即「踐阼」也。「國阼」，因此後有「祚」，即福祥之意。「阼」與「籍」、「藉」通（音借），「酢」，藉也。祭祀時所站的蓆叫藉。「酢」、「醋」《說文》與今義反，酢，就是醋；醋，表示客人用酒回敬主人。《淮南子‧氾論訓》：「履天下之籍。」籍即踐阼之意。「藉」，現在保存的古義如小孩的「藉子」，即墊的東西。

〔阞〕（音 gāi）：階次也。階的一登叫一阞，《史記‧封禪書》：「壇三阞」，即三登也。《補亡詩‧南阞》：「循彼南阞。」《儀禮‧鄉飲酒禮》：「賓出奏阞夏。」「夏」是樂的專名，即「雅」也，「阞復」，即按著音樂一登一登往下走。「阞」、「級」聲音古時相同。《曲禮》：「捨級聚足。」「級」，階次也。《說文聲類》由此引申到「等級」、「階級」，這個語言是由「基」來的。

〔際〕：壁會也，牆壁會合的地方。古時的牆壁皆是方形的，唯監牢的牆是圓形的，故稱「圜土」。牆的建築單位叫「板堵」，古人用兩塊木板中間夾泥土打成牆，一般說法是一丈長板，高二尺。古人造一堵牆是高一丈，長一丈，這就叫作「一堵」。在造房時兩堵牆相交的地方成直角，這個相交的地方叫作「際」。際有縫必補。因相交，故有交際之義。《左傳‧昭公四年》：「叔孫為孟鍾曰：『爾未際，饗大夫以落之。』」

再一個意義，牆的縫兒也叫「際」，作「隙」解，「削除浮靡，不見際會。」「際」，從「祭」得聲，「察」，從祭得聲。從祭得聲，就是找縫子。「祭」不同於「祀」。「祭」是殘殺之意，故訓「殘」，最初的祭是把俘虜來的不同種族的人殺掉，殘殺叫「殘」，殘缺也叫「殘」，縫子也是不完整之意。「幭」（卷七下，音先剡切 xiè，所例切 shì），殘帛也。

〔隙〕：壁際孔也。「際」和「隙」意義上有關聯，但語言上是兩

個來源。「隙」，牆有洞也。《左傳·昭公元年》：「牆之隙壞。」牆有縫也。通光也叫隙，《淮南子》：「受光於隙。」因此「隙」有空白的意思。《左傳·哀公十二年》：「宋鄭之間有隙田。」即沒人種的荒田。《國語》：「四時之隙」，指空閒的時間。兩人有隔閡叫「有隙」，中間有距離也。

「𣾍」（音xì），「際見之白也」，即從縫裏透過之日光也。「𣾍」和「白」最初就是一個語言，古韻皆在「鐸」韻，「𣾍」，上面下面不是「小」字，是日光，《莊子·人間世》：「虛室生白。」崔注：「日光所照也。」《莊子·知北遊》：「若白駒之過隙。」「白」也有空的意思，《管子》中有「白徒」，即無職業的人，空閒之人。《後漢書》有「白屋」，同「白徒」。

〔陪〕：重（chóng）土也，一曰滿也。「陪」與「培」最初完全相同，是由「封」孳生出來的。「封」在土部，有三個主要意思。

1 作「種植」解，《左傳》：「不敢封殖此樹。」

2 作「界線」解，《周禮·地官》：「封人」，管國界的官。

3 作「封建」解，即封土建國。

以上主要的意思是「重土」，種植是以手陪土，「寸」是手，封土作國界，建國要封土以為界。後引申到「重」的意思，用「陪」，《左傳·昭公五年》：「殮有陪鼎。」「殮」（卷五下，音sūn），古時是正式吃飯，「餐」，「吞也」，是隨便吃零食，「鼎」，是作菜之器，「陪鼎」，即加一個菜的意思。《左傳·僖公十二年》：「陪臣敢辭。」管仲對周天子稱自己為「陪臣」，管仲為齊桓公之臣，齊桓公為天子之臣，「陪」有「重」的意義。

「陪」作滿解與重土有關，即「封滿」之「封」。

〔隊〕（音tuàn，或zhuàn）：道邊庳垣也，即山道旁邊的短牆。為什麼叫「隊」，這要從與它同音的字來看。「庉」，音tún，樓牆也。

樓牆這兩個字說明一個問題，即只有牆而無屋子（無房頂）的東西，就是古代防守的工事，古時稱「壁壘」。《左傳・哀公元年》，楚伐蔡，先築工事，曰：「里而栽，廣丈高倍，夫屯，晝夜九日。」「里」，每一里也，「夫屯」，夫役築也。《周禮・地官・鄉師》：「巡其前後之屯。」「屯」，即壁壘。「隊」，經典中不用這個字，「墜」，從隊得聲。《莊子・至樂》：「生於陵屯。」

〔陾〕（音 réng）：築牆聲也（象聲字）。建牆，由板建成堵，由堵建成牆。陾就是在建牆時，為了堅實，而把縫子塞平時發出之　聲音。

〔陴〕（音 pí）：「城上女牆俾倪也」。「壞」，「城上女垣也。」二者一義，但語源不同。即城上之小牆也。「女」，古時是小的意思，「馬」是大的意思，如「馬蜂」。《左傳・宣公十二年》：「守陴者皆哭。」《左傳・昭公十八年》「授兵登陴」。「陴」標誌兩個特點：

1　直立：城牆叫陴，還有「壁」，垣也；還有「廦」，牆也，皆直立。人身體直立的部位，叫「髀」，髀，腿也。「臂」也垂直。《周髀算經》：「髀者股也。」「正晷者句也。」太陽照出的影子。古時立一股在地上，太陽照出的影子在地是為「句」。「碑」，古代的碑是很厚的，與現在不同，古人在院中立碑。古今之碑實在是兩種東西，《說文》：「碑」，堅石也。最初「碑」是測日影的，後來可拴馬。

2　有兩旁的意思：人的臂，人的髀都在兩旁。壁在房子的兩旁。《釋名篇》：「臂，裨也。」在旁曰裨。因為在兩旁故有「輔益」之意思。《釋名篇》：「陴，裨也，裨助城之高。」

「俾坭」是連綿詞，作「附益」講，即附加上的意思。還有「埤倪」、「壀倪」、「僻倪」，意義同上。「助」也是附加之意。後來的意義，如牆上有小孔，守者從孔望敵人，是從旁望也。故現在從旁看叫「睥睨」。

〔隍〕（音 huáng）：「城池也，有水曰池，無水曰隍」。（就是中間凹的地方叫「隍」）《爾雅》：「叡」，隍，虛也。《釋名篇》：「叡」（卷四下，音 hè），隍也。二者通言，是雙聲，《說文》：「叡」，溝也。《左傳・隱公三年》：「潢污行潦之水。」「潢污」是溝中的髒水，「潦」，下雨所流之水也。「汪」本作池子講，《左傳・桓公十五年》：「屍諸周氏之汪。」即把屍首放在周家的池子內。「湖」也是中凹的。

「叡」、「潢」、「湖」是「隍」的變易。

「央」，最初也由中間窪下而得名。《荀子・正論篇》：「今人或入其央瀆，竊其豬彘……」「央瀆」，即水溝也，民眾家中出水之溝也。意即從水溝進去偷豬。

〔陆〕：依山谷建成的牛馬圈也。這個字只見於漢人的賦。古代打獵的方法是先把山谷周圍圈起，防止野獸往外跑，然後將野獸往圈裏撞。野獸被撞入圈中，然後再打。「陆」，主要是圈牛馬。《詩經》：「戰有頃，田有防。」「頃」即戰線也，後來成為「場」，即「疆場」。由土田之界引申到戰線，「防」即打獵圈起之界線也。「田」，古指打獵。《漢書》注：「陆」，遮禽獸圜陣也。《文選》注：「陆」，欄也。「陆」與「略」同，《說文》：「略」，經略土地。「經略」，「經」，劃也，劃界也。《詩・大雅・靈臺》：「經始靈臺，經之營之。」「經營」即劃界也。《孟子・滕文公上》：「經界不正。」即劃界不正也。「略」也是劃界。《史記・趙世家》：「主父所以入秦者，欲自略地形。」「略」，劃也。《墨子・小取篇》：「摹略萬物之然，論求辟言之比。」「摹略」，摹畫也，摹畫事物之輪廓。「略」侵略之意，由劃界引申為「侵略」，《方言》：「略」，強取也。「劫」，《說文》在「力」部，韻在帖部。「略」，聲在「鋒」部。「略」，由略又引申出「撈」。《國語・齊語》：「犧牲不略。」《管子・小匡篇》引這句話為「犧牲不撈」。「撈」，是先劃出範圍然後取之。「撈」，取也。

〔陲〕：《說文》有三個「垂」字：「烾」、「坴」（垂）、「陲」。第一個是下垂之「垂」，象花和葉下垂貌；第二個「垂」是邊界的意思；第三個是「陲危」之「陲」，將死也。經典用「陲」為「邊陲」，「垂」為「垂危」。《說文》「種」，種子也。「穜」，種植的意思，經典正相反。《說文》有些字與經典中用法不同。三個「垂」之間意義有關係。

〔隖〕：小障也，一曰庫城也。今寫作「塢」，戰時水邊設的防禦工事，亦稱「隖壁」，形式似牆。《三國志・吳錄》：「初欲夾水立塢。」兩層牆壁（泥土或竹），內可藏船。後來凡軍隊設的屏障都叫「塢」。也可作庫城解，「庫城」即矮城。「塢」與「關」有關，「關」，遮灘攤也，即擋水的東西，「烏」和「於」是一個聲音。《漢書・循吏傳》召信臣，當時多荒地，招流亡之人墾田，「開通溝瀆，起水門，提關。」「關」，擋水的東西。所以「隖」、「關」相通。「淤」義亦通，淤住了，即有阻也。「瘀」，血流有阻礙，血淤住了。

〔院〕：堅也。《說文》卷七下「宀」部「奐奐」，周垣也。《說文》卷二下「得」（得），重文「尋」，但在《說文》「見」部又有「尋」字。「奐」，音 huàn，重文「院」。用牆圍起來的叫院，因而牆內周圍之地也叫「院」，「院」實際就是「坦」。《說文》中「韓」（今韓），井垣也。井周圍的牆叫「韓」。《左傳》「完」是堅的意思，因此，有人認為「堅」即「完」義。

〔隃〕：山阜陷也，後為「淪」。《尚書・微子》：「今殷其淪喪。」又《詩・小雅・雨無正》：「淪胥以鋪。」山阜陷下是多數也，故論有多數之意。

三個重要問題：

第一，《說文》對某一形體的解釋，是根據形體歸納出來的意義，有時不是常見的意義。我們對這些字意義的研究有沒有用處？有

很大用處。我們可以根據《說文》的意義去解釋常見的意義的來源。研究字的常見意義的來源有兩點要注意。

其一，本義消失，引申義發展了，必須把意義的演變搞清楚。

其二，有時不是引申義，而是書寫的改變，以別的字代替了它（同音字代替叫「通假」、「通借」），這就必須根據《說文》才能搞清楚，如「除」字（見《說文》）。清朝人研究古書，要推求本字。

第二，一個字，我們對它的意義不能孤立地研究，必須和與它同音的字歸納在一起來研究，這樣才可以看出詞在語言中發展的規律，這裏最重要的條件是聲母。聲音有關的字很重要。因此解釋的字與被解釋的字聲音有關係的，我們要特別注意。注意「陰」和「暗」，「陽」和「明」。另外還要注意形聲的系統（嚴可均《說文聲類》），由形聲系統來研究《說文》。但有些聲音相同的字之間也有沒有關係的。

第三，《說文》一方面對形體下定義，另一方面是由經典語言歸納出來的意義，所以《說文》還可拿回去講經典。研究《說文》要結合具體語言，因為《說文》是從具體語言歸納出來的經典著作。

我們還應該注意《段注說文》。前人說：「許慎」說字，段氏解經，因此必須研究《說文》。

## 第二節　從鼠部到申部的字以及與之相關聯的字

### 一　鼠部、厽部、四部的字及與之相關聯的字

章先生講《文始》是由一個初文講到後來分化成的許多詞。這是他在日本時接受印歐語的研究方法，密勒的學說是由一個詞後分化為多少詞。

詞與字不同，但有時一個是詞，一個是字。章先生認為初文是很

古的文字，分化出來的字與詞時期是靠後的，初文跟後來分化出來的字與詞相隔多長時間，很難說。

〔𨸏〕（音 fù）：古無輕唇音。中古音「非」〔p〕、「敷」〔pʻ〕、「奉」（濁音 b），已演變成今天北京音「非」、「敷」、「奉」的「f」聲母字。大徐本反切是「房九切」，《廣韻》是「似醉切」，《廣韻》是對的，「𨸏」即今之「隧」。

「谷」，山間陷泥地，段認為許慎《說文》的「陷」是錯字，「陷」應為「沿」。谷從「口」，水敗貌。「敗」是不完整的意思，完整的應為「沇」。「谷」讀若沇，朱駿聲《通訓定聲・屯部》：「蓋谷、沇、兗本一字。」「兗」，「九州之渥地」。王筠以「渥」為「窪」，兗州為窪地，「谷」後為「兗」。「兗」，以轉切（yǎn）。

「蹊」，是人腳踩出的道，古道一般是低的，現在農村中的道都比兩旁低。「兌」，說（同悅）也（高興）。古代作快樂解的詞，多是從「解釋」分化出來的，「說」分化出「悅」；「釋」分化出「懌」。「兌」，從「人」，谷聲。由快樂引申為「通」，快樂時心氣「通順」。由「通」引申為「行道」，《詩・大雅・綿》「行道兌矣」，「兌」，通達。《詩・大雅・皇矣》「松柏斯兌」，毛傳：「兌」，直也。

「術」，邑中道也。「述」可代「墜」，故「術」可通「隧」。「變易」是寫法的改變，實際仍是一個字。「達」，行不相遇也。「不相遇」，是誰也碰不著誰。由「道」引申為「通達」。

「駛」，馬行疾來貌。章太炎認為「來」是誤加的，馬跑快不相遇。「戻」，音 dài，與「戾」不同。「戻」，輜車旁推戶也。「推戶」即門也。「輜車」（zī），今之轎車。「兌」，《老子》作「洞」解。

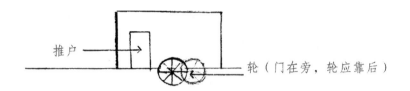

一輛車，車輪在中者門在前，車輪靠後者門在旁。

〔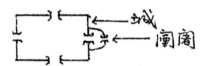〕（嗌）（卷二上，音yì）：「嗌」，咽也。「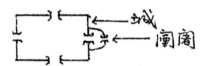」，是脖子，上為疙瘩，下是筋脈。

「頸」，頭莖也。「領」，項也。「嗌」和「咽」實際不是整個脖子。「罃」，備火長頸瓶（救火用的），以其頸長所以名之。「嬰」，現在做「嬰兒」解，古時為項鍊等裝飾。「隘」，山中的要道，咽喉之地。

「闉」，音yín，主城門外有小圓城圈，也有一個門，此門謂之「闉闍」。

（章太炎認為「闉」是由「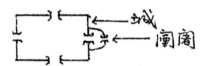」孳乳來的，就聲音和意義是可以孳乳的，但「闉闍」是連綿字，不能拆開。）

「槅」（《說文》卷六上木部），大車「枙」也。古時牛拉的車才叫大車。「搤」，把也，亦寫作「搹」。《貞觀政要》：「朝一溢米。」「溢」是代替「搤」的，即「一把米」。

「嚶」（卷二上，音yīng），鳥鳴也。「喈」（卷二上，音jiē），鳥鳴也，一說鳳凰鳴聲。「呝」（卷二上，音è），喔也。「哇」（卷二上），古人稱很不莊重的音樂叫「淫哇」，即不好聽的聲音。「嚶」（卷三上，音yīng），聲也。張衡《思玄賦》：「玉鸞嚶嚶。」「嚶」與「嬰」同。

「欬」，音ài，劇聲也，即病重及勞累時發出的聲音，「劇」同

「劇」。「嬰婗」，即小孩也，小孩兒哭聲。「毆」，音 yì，擊中聲也。漢以上的古書除秦國以外，別的國不用。別的國用「也」，秦國用「毆」，即「唉」、「呀」之類的語氣。章太炎認為以物擊中人，被擊中者發出的聲音。

「雉」，古人摯禮有時用雉，送雉時將其脖子彎回。太炎認為雉是「鷖」的孳乳，這是不對的。「雉入水為蜃」，太炎認為「蜃」也是「鷖」的孳乳，這也是錯的。

〔爡〕（卷一四下，音 suì）：塞上亭守烽火者，即「隧」。周人念「火」時讀「燧」的音。周時按季用火，以凹鏡取火於日。

口語中「漆黑」，「漆」即「焌」，音 qù，《廣韻》作「駿」。古人算卦有二種：一是「卜」，一是「筮」。「卜」是用鑽把龜板鑽眼，但不鑽透，剩極薄的一層，一塊龜板可鑽七八行，大者還要多，然後用火燒，觀其裂縫，以知吉凶，其裂縫有如「卜」字者，故今說「卜」為「卜卦」，「卜」字亦來源於此。「筮」（音 shì）用蓍草占卦。

「輝」，即今之「照」字。「然」，古「燃」字，今作「燃」。「然」，可作動詞，表示「是」。《論語・陽貨》：「然，有是言也。」「然」也可作語助詞，「年幼然博學」，「然」，作轉語詞用。「悠然」、「果然」，「然」是詞尾。「鐖」，在《周禮》中寫作「燧」，是取火的東西，用凹鏡取太陽之火。古時「烽」和「燧」是兩種東西，「烽」在白天用，「燧」在夜晚用，只有《說文》把「爡」作塞上亭守烽火者解，別處皆作「火」解。

〔垒〕（音 lěi）：「垒」同「垒」，同「壘」。「坺」（卷一三下，音 bá），治也。一曰臿土謂之坺，即用鐵鍬向地下一掘，挖起一塊土，這一塊土叫「一坺」。

漢以後才有「磚」，古人「磚」、「坯」是一個名稱，都叫「甓」。

古時只有「敵」，後來分化出「嫡」、「適」，加上原來的「敵」

（敵）共三個字。古時作戰，軍隊駐紮在某地即以戰車圍一圈，留一門，即「轅門」，故「轅」從「車」，此為臨時性的屏障，過一二日即在戰車外築起一道土牆，然後把戰車撤去，這就是「壁壘」。

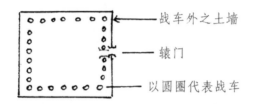

《世說新語》：「其人磊砢而英多。」指人才多也。

漢朝人常把「ΔΔ」寫成「晶」，又把「晶」寫成「ΔΔ」，如「疊」寫成「曡」。在銅器上刻字時，則把「ΔΔ」寫成「晶」。把「絫」字上面變為「田」字成為「纍」，減化後，去掉了兩個田，成為今天的「累」。「絫」，十黍之重也。古時以十個米粒作為度量衡的單位，如十個米粒連在一起的長度為一寸。十黍一絫，十絫一銖，這是古時重量的單位。

「贏」（lé），即今之「驘」字。「及」卷六上父部。（gū），《詩經‧周南‧卷耳》曰：「我及酌彼金罍。」「及」，即今之「沽」字。

〔益〕：這是甲骨文中的「溢」。我們認為「益」與「溢」是一樣的，章太炎認為不一樣。「溢」的水旁是後來加的。「益」，滿器也（動詞）；「溢」，滿器也。今天我們認為「益」是初文，「盈」、「贏」是變易，「溢」是增加了「水」旁，實為同一個字。

古文是古的文字，這話是合理的，但最古的詞不一定都有初文，因為有的詞沒造字，是假借的，如「我」這個詞在最古時口語裏就有，但沒有這個字，「我」字是假借字。

「誄」（卷三上，音lěi），人死後，弔者在靈前把死者的好處說一遍叫「誄」。

「讄」（卷三上，音 lěi），禱也，是活人求福，把此人的功德告於神以求福。「謚」古為從「言」，「益」聲，今本不同（指《說文》）。「謚」，人死後加的名字，故「益」，增加也。但西周傳五六世後王不死就有了「謚法」，不是在死後才有「謚」的。

〔𠕄〕：古文四。「亖」，籀文四。有人認為「四」是古人借物以刻的竹板為憑，如圖：

中間紅虛線為刀劈之形。「四」一件東西中間刻兩畫，即像今之「四」形。竹板二人各執一片（一半），還物時相對，好像今之文書、憑據一般。還有人說「𠕄」像人口出氣之形，我們採取後一說法。

〔儲〕：儲藏等用，古時帝王的太子叫「儲君」。「庶」，大太太生的孩子叫「嫡子」，妾生的兒子叫「庶子」。「庶」，眾也，「庶子」即「眾子」也。古時說「庶子」沒有侮辱人的意思，到明清「庶子」才受歧視。古時「嫡子」死後，父給子服孝三年，即看重他是繼承祖宗的人，「嫡子」亦稱「冢子」。

「𥜗」，廣多也，古書中很少用，《詩・鄭風・緇衣》：「緇衣之𥜗兮」，「𥜗」，《毛傳》解釋為衣服大，《韓詩》解釋為衣服好而且多。章太炎採取韓說。「庈」，盛糧之器，不是囤，可能是大罍之類的器具。「盧𥥴」，器也。「橐」（tuó），「𦋺」，此物為口袋形，「𢑔」，上下為綁口的繩子的結，上有「〇」表示口在上也。「帑」，《說文》音 nú，今北京音為 tǎng，俗語「四十八萬一帑」。「駔」，音 zàng，俗語「老駔頭」，應讀 zǎng。

今天讀 ü、y 的音，推到隋唐是 u、uo，周為 a、aŋ 的音隋唐也讀 aŋ，周時 aŋ 音有的丟掉 ŋ，只剩 a，因此 aŋ、a 古音多相混。

「囊」，橐也。是「橐」與「帑」二者的孳乳。「穰」作「滿」

解。還有「朧」，作充滿解，指人胖。「笯」（卷五上），鳥籠也。
「笯」等於「籭」。「都」，古時的「都」和今天的意義都不同，古時
稱「有先君之舊宗廟曰都」。裝鳥的是「笯」，人居住的是「都」。

「瀦」，古書中常以「瀦」為大湖解，多用在講地理的書中，存
水曰「瀦」。「湝」，所以灘佳水也，即擋水也。

「臧」，是種奴隸，管守倉庫，所以從「臣」。奴隸為什麼叫
「臧」？因為存東西的地方叫「臧」。今天「藏」，也是存起來的意
思。漢朝寫「髒官」，「贓」字無「貝」旁。「臧」是存的東西很滿，
富足，故《說文》解為「善也」，東西多即好。官貪財即為「贓」。

「倉」，卷五下「谷藏也，倉黃取而藏之」。「倉黃」，是很快地收
起來。

## 二 叕部、五部及與之相關聯的字

〔叕〕：（卷一四下，音 zhuó）：綴聯也。「叕」等於「綴」。
「丙」，在甲古文中為「囧」，像蓆形。「茵」，褥子也。

「纘」，「武王纘大王王季文王之緒」。「纘」（卷一三上，音
zuǎn），繼續也（見《中庸》）。叕＝綴＝茵＝纘。

「藲」，音 zǔ，亦讀 zuǎn。《說文》卷一下：「致茅藲表位。」
「致」應為「置」。

「朝會」，「朝」指上朝，「會」，指諸侯相會。

陸德明《經典釋文》：「花卉便須安艸，水族即便著魚。」指漢以
來的漢字多增偏旁，是花卉的就加草字頭，是水族的就加「魚」字
旁。

「帶」，「紳」即腰帶，是束在外面的大帶子，男子帶鞶（卷三
下，音 pán），女子帶絲。「笏板」，是做官的人上朝時的臨時筆記本，

要是插在腰上叫「搢」（卷一二下，音ㄐㄧㄢˋ），俗語「搢紳」先生，「搢紳」前史皆作「薦紳」，即做過官的人。

「惡髮」，六朝至隋唐時期管人「生氣」（憤怒）叫作「惡髮」。

「蜃」（卷一三上，音è），《說文》作毒蛇解，但一般古書皆作蛤蠣解。蛤蠣碾碎成粉，可刷漿，象今日之石灰然。

「歍」（卷八下，音wū），惡欲吐也。一曰喉嚨發出的聲音，如《史記》說項羽擅發「嗚暗叱吒聲」；一曰「嗚」，有人認為就是「歍」，喊也；一曰「口相就」。《段注》：「謂口與口相就也。」張舜徽《約注》：「以已咀嚼之物，納之彼口。」以前大人餵小孩飯的方法。

〔乂〕：乂是古文五，兩橫的增加是很晚的事，可能最早是在西周末。秦稱吾，大篆為「𥝆」。古人的文契是以一塊竹板刻字，劈開後各人拿一半，如圖：▨，中間的「乂」即是「五」。軍隊中二人為一五，也說五個人為一五，後來說入五，即是參加行列也，當然不一定就是五人。殷以前，人們對數字只識三個，再多就不知道了，認為最多數就是「三」。「手」寫為「ㄋ」（三指），腳「🐾」（三趾），後寫為「𧾷」。

「午」，表示正中的交點，「中午」（「午夜」）是太陽與北半球相交，故說「午」。「午」就是「杵」，杵是木棍。「五」作交叉解，又作遇上解，交叉的點就相遇。古人射箭站在「五」上，即「乂」地（交叉點上也），古「行」字為「𢔃」，中交也。

「究」，窮也，即「到頭」之意。屋子的角也叫究。「究竟」，也是到頭兒的意思。

「禽」，走獸的總名。「擒」，是動作。打獵時捉住的野獸都叫「禽」。打獵捉住的野獸進獻叫「獻禽」；把作戰捉住的俘虜進獻，叫「獻俘」。「禽」作「飛禽」講是戰國末至秦的時候才出現的。

「假」，古時凡是「暫時」的、「代理」的都叫「假」，如「假父」（義父）。今天「假」有壞的、不道德的意思。「義」也是「假」的意思，「義父」即「假父」，「義齒」即「假牙」。

「羞」（卷一四下），進獻也，從羊，羊所進也。《儀禮・公食大夫禮節九》「士羞庶羞」，前一個「羞」是「送」的意思，後一個「羞」是一切的「肉食」。「庶羞」是指正菜以外的，本地所產的東西。

「狩」，犬田也（按「犬」應為「火」）。「田」，現在理解為「田地、耕種田」。古時「田」就是打獵。秦以前沒有「狩」字，都用「獸」字。

春天打獵叫「蒐」，夏天叫「苗」，秋天叫「獮」，冬天叫「狩」。「狩」，還有「守」的意思，如「巡狩」，這是假借。

「畜」，田畜也。即地裏的產物，今之「蓄」字。

古時「祭天」叫「郊天」。

「疌」，「機下足所履者」，即織布機下面用腳踏的板。

「槤」，絡絲槤。現在俗稱「絡（ㄌㄠˋ）子」，繞線用的。

「軌」，車徹（即車轍）。《詩・邶風・匏有苦葉》：「濟盈不濡軌，雉鳴求其牡。」「軌」字歷來有爭論。

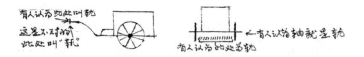

「軌」不是⌄——⌄壓下去的地方。圖示，軌與今天說的軌不同，今天所說的軌是地面壓下的地方。「軹」：《說文》：「車軹」前也，如上圖。由車壓的軌道而引申到「法度」，「越軌」即有違犯法度之意。

〔身〕：古文「身」。「身」，象女人懷孕之形。「大任有身」，「有身」即「懷孕」也。《說文》：「身，躳也，象人之身。」

「響」，古代意義範圍狹窄，現在包括的意義較寬。《說苑‧君道》：「影之隨形，響之應聲也。」「響」即回聲。

「閾」，門響也。清朝人認為「閾」不是門響，是一種東西，這是不確切的。

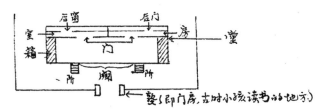

## 三 甲部、乙部、丁部、戊部的字及與之相關聯的字

〔甲〕：《說文》：「一曰人頭宯為甲」，「宯」應為「空」，即「腔」也。全句意思是：有一種說法，人頭頭顱腔叫甲。古文中「甲」為「十」，古文的「十」為「｜」，後又加一點「ф」。「𣏟」即「戉」。甲骨文中有「十」，即「甲」，「乙」即「乙」，「口」即「丁」，都是人名。只有人名如此寫，別的都沒有外面的方框。《易經‧象傳》：「百果草木皆甲坼（彳さˋ）。」「甲坼」即「裂開」。果實（硬殼的）裂開之形⊕成「十」字。

「甲」作「裂」解，又作「甲胄」解。《詩‧衛風‧芄蘭》：「能不我甲。」「能」是「而」的假借，「甲」假借為「狎」（古為親密之意，今包括不好之意）。「甲天下」、「甲一方」，清朝人認為是「蓋」（蓋天下）。古時「甲胄」作「介胄」，「介」古音 gài，「甲」、「蓋」同音。古無舌上音，（即古無舌上音 j、q、x 聲母字，只有 g、k、h 為聲母的字。到中古時，g、k、h 聲母字才分化成 g、k、h 與 j、q、x 兩類聲母字。遇到齊齒呼 i、撮口呼 ü 為韻母的字，則 g、k、h 即變成 j、q、x 聲母字。而韻母為開、合 a、u 的，聲母不變，仍為 g、k、h。

「苫」，草蓆，古時父母死後，兒子盡孝時應當「寢苫枕塊」，「塊」，土磚也。

「盒」（卷一三上，音gé），蜃屬，有三，皆生於海。「厲」，千歲，鳥所化，秦人謂之牡厲。「海盒」者，百歲，燕所化也。「魁蛤」，一名「復累」，老服翼所化也。「服翼」，漢朝人稱「蝙蝠」為「服翼」。

「疥」，搔也。「痂」，疥也。《左傳·昭公二十年》：「齊侯疥」，此處之「疥」是假借字，實為「介」，即「瘧子」。隔日瘧曰「介」，假借為「疥」。

〔乙〕：《爾雅》解釋「乙」是魚鰓上的骨頭，魚腸也叫乙。另外，天上最大的神，唯一的神叫「太乙」，屈原賦作「太一」。

「示」，在甲骨文中作「干」、「丁」，可能是古人祭天所立高杆也。古人祭祖先，要在晚輩中找一個長得最像祖先的人，穿上死者的衣服，大家向他上供。扮祖先的人叫「屍」。

「禮」，履也。即人的行為應遵循的路。

「履」，（1）鞋，（2）踐，《易經·履卦》：「履虎尾」，（3）《詩·周南·樛木》：「福履綏之」，此處之「履」假借為「禮」。

「祿」，古書多寫作「谷」，即糧食多也。「福」，即富也。「禮」，即有酒肉可食也。

「乾」，《詩·魏風·伐檀》：「寘之河之干兮」，「干」假借為「岸」。《詩·小雅·斯干》：「秩秩斯干」，「干」是「澗」的假借。「干旄」的「干」，是「竿」的假借字。「旄」，是竿上蒙的獸皮。

「乾」，上出也。從乙，乙物之達也。往上長叫「乾」。「君子乾乾」，即努力向上之意。

「干飯」，漢朝時寫「乾」為「干」，今為「干飯」，章太炎認為「干」同「乾」。

「何」，儋（擔）也。《詩・商頌・長發》：「何天之休」，「何」，負也，擔也。「負荷」，今作「荷」。

「揭」，高舉也。「揭竿」，《史記・陳涉世家》：「揭竿為旗。」

「日」，內也。「月」，外也。《史記・魏其武安侯列傳》：「在日月之際。」

「絚」（gēng）：大索也，一曰急也。「急」是「緊」的意思。《淮南子・繆稱訓》：「小絃絚，大絃緩。」「絚」，緊也。

「掍」（gēng），引急也。就是拉得很緊的意思。《淮南子》：「大絃絚，小絃絕矣。」（大絃緊，小絃則斷），在其它書中「絚」作「掍」，或作「絚」。

「度」，古時量地用「弓」，在外用弓，在家用席，因為席有一定的尺寸，所以「度」字上從「席」省，下從「手」，以手持席也。

「垓」（卷一三下，音 gāi），《國語・鄭語》：「天子居九垓之田。」「九垓」即「九塊」之意。今《國語》「垓」作「畡」。臺階也叫「垓」，「壇三垓」，南方人讀階為 gāi。

「拍」，假借為「膊」，《周禮》中有「豚拍」，即「豚肩」。

〔成〕：《尚書・益稷》：「蕭韶九成」，「成」，次也（古時的音樂喜歡重複）。《左傳・襄公十四年》：「成國不過半天子之軍」，「成國」，大國，完備的國家。「鄭伯欲成」（《左傳・僖公三年》），「成」，講和的意思。打官司的判詞也叫「成」，如《周禮・秋官》：「司寇聽其成」。「為壇三成」（《大戴禮記》），即「三層」。「有田一成」，即有田一塊。

〔戉〕（音 wù）：戉，本來是兵器。戌（成）從戉，成的原始意思是刺擊的意思。《呂氏春秋・長攻篇》：「反斗而擊之，一成，腦塗地。」又《論威篇》：「吳王壹成」，都是刺擊之義。「成」在「廣雅」中用「揯」代替，刺也。「成」從戉，可見戉是兵器，「成」從丁，

「丁」在鐘鼎上像釘子形，實際它也是兵器。

〔丁〕：常由「鼎」字來假借，《新書・宗首》：「天子春秋鼎盛」，「春秋」指年歲，「盛」是正當年。「丁」可引申為成年之人，稱「丁男」、「丁女」。蘇武：「丁年奉使。」因此《廣雅》「丁」訓「強壯」。

「玄酒」，即涼水，古人祭祀太上用玄酒。

〔席〕：古人席地而坐，在堂上。席有兩種：（1）大席；（2）重席，或叫加席。大席即《說文》之「藉」，祭席也。祭祀時要站在席上。席質粗，一曰草不編狼藉，今小孩兒用的「藉子」尚保存其義。

「薦」，薦席也（作「再」解），現在變成了墊子，在大席上一人一個墊子。

「椅子」，古人在床上用來靠著的，「杌」，古時是擺東西的，不坐人。古人進門必脫鞋。

「宴」，「跣而上堂謂之宴」（《韓詩章句》）。古人的坐，即今之「跪」也。（跣，光腳）

「跽」，長跪也。古人的跪必和拜連在一起，兩手抱拳，加在額上，身向前彎。《史記・刺客列傳》：「卻行為導，跪而敝席。」又：「再拜而跪。」古之「跽」即今之跪。《史記・范雎傳》：「秦王屏左右，宮中虛無人，秦王跽而請。」最後才再拜，「跽」是抬著頭，再彎腰。因此，我們知道甲骨、金文中的「人」寫為「」的意義。

「禁」，《禮記・禮器篇》：「天子諸侯之尊廢禁。」「禁」是放酒杯的矮桌子，如北方之炕桌。鄭玄考證「禁」，「禁如今之方案，隋長，局足，高三寸」。「隋長」，長方形。「局足」，腿是彎曲的。「禁」有彎曲的意思，原因在「局足」。

「鞠躬」，古人又叫「磬折」。《莊子・漁父》：「夫子曲腰磬折。」《尚書大傳》：「周公莫不磬折。」「磬折」，磬的形狀︿，言鞠躬如磬之折也。

「球」，玉磬也。踢球的遊戲始於秦，叫「蹋鞠」，是軍隊中的遊戲。球，在《詩經》中做法度講，《詩‧商頌‧長發》：「受小球大球……何天之休。」指大小的法度。「何」，荷也，擔負也。古時磬可用作度量，故與法度的意思有關聯。「鞠躬」也有一定的彎度，所以法度也有量情的尺度的意思在內。

## 四　巴部、庚部、辛部的字及與之相關聯的字

〔㠲〕（巴）：蟲也，或曰食象蛇，象形。《山海經》有「巴蛇」，是一種大蛇，《山海經‧海內南經》：「巴蛇食象，三年而出骨。」「巴」的聲音後來變作「莽」。有人把「巴」、「莽」放在一個韻部中。「莽」最早見於《爾雅‧釋魚》，「莽」，「王蛇」（大蛇）。郭璞《爾雅圖贊》：「惟蛇之君，是為巨莽，小則數尋，大或百丈，唯百丈，故能食象。」由此證明，後來的「莽」，就是《說文》的「巴」，最大的叫「巴」。「莽」，音mǎng，《楚辭‧九章‧懷沙》：「草木莽莽」，《楚辭》中以「莽」代替「莽」。「莽」《說文》「莽」，「南昌謂，犬善逐菟草中，為莽。」「莽」代替莽，則可曰「草木盛多也」。王莽，「莽」，大的意思，王莽號巨君。

「挋」，《說文》：「反手擊也。」這個字在古今書籍中用「批」，如「批頰」，即打嘴巴。《左傳‧莊公十二年》：「宋萬……遇仇牧於門，批而殺之。」段注：「今《左傳》作批，俗字也。」《玉篇》引作「挋」，可見「挋」、「批」相同。

「捭」：兩手擊也，音pí，今音bǎi。用兩手分開別的東西，即把擋在前面的東西用兩手左右分開，也就是把障礙物弄開。《鬼穀子‧捭闔篇》有「捭闔」，分開是「捭」，合在一起是「闔」。所謂「縱橫捭闔」，是說某人能說會道，謂之「縱橫捭闔」。《鬼穀子‧捭闔篇》

是講辯論的。至唐變成恭維人叫「捭闔」，後改為「擺闔」。「捭」、「擺」音相近。今北京人說「擺闔」（bái huo），就是說人的閒話。《太平廣記》：「唐楊茂卿客遊揚州，與杜佑書，詞多捭闔。」劉禹錫曰：「大凡布衣之士，皆須擺闔，以動尊貴之心，祐曰休，休，擺闔之事也……」

「拍，即今之「拍」字，手由上往下叫拍。

「搏」，亦「拍」的意思。《考工記・總序》：「搏埴之工二」，（按：「搏」一本作「摶」，戴震《考工記圖》謂據《釋文》，「摶」有團、博二音，鄭注：「搏之言拍」，當從博音作「搏」。）（拍黏土，作瓦器也。）

「巴」和「父」，語言也相同，「父」，古音讀「ㄅㄚ」，「父」是家長，現在叫「爸爸」，在語源上是一個。漢朝管父親叫「大人」。「ㄅ」（父），巨也。

〔𤲃〕（庚）：象雙手持「干」的樣子。「𤰈、庚、庚（楷書多了一點）」。

「兵」（卷三上）：「𠔌」（兵）、「�」（古文兵），「庚」與古文兵的右邊毫無區別，由此可知「庚」和「兵」的結構相同，因此知「庚」是兵器，「兵」、「庚」同韻。從字形上看，「兵」，雙手執斧，「庚」，雙手執干，字形相似。因為它是兵器，故訓「成實」之義，因為「成」也從兵器。

「庚」作兵器解，古書中可找出它的痕跡。

「兵」在古代有二義：（1）械也；（2）軍隊。《左傳・僖公十八年》：「無以鑄兵」，「兵」指兵器。又《左傳・襄公二十七年》：「欲弭諸侯之兵以為名。」「弭」，裁減也，「兵」指軍隊。

「甲」，身穿的甲，《左傳・成公二年》：「擐甲執兵」，又《左傳・宣公二年》「伏甲將攻之」，「甲」，軍士。「戌」（本為戉），本作

軍械解，《左傳‧閔公元年》：「趙夙禦戎」，「戎」，兵車也。也作軍隊解，如《左傳‧僖公十五年》：「匪以玉帛相見而以興戎。」

「庸」（𤰎），從庚，下從用。《說文》作使用之意解，無田事而使用就是當兵或作軍隊解，故有「庸眾」之義，由「庸眾」又稱一般的不突出的叫「庸」，《三國志‧諸葛亮傳》：「凡常無奇異也」，又引申為「庸俗」之義。

「庚」在古書中就作「兵」用過，不過是用同音字來代替。

「𩮰」（更），假借為「庚」。「庚」用為兵制，秦的兵制，漢沿用之，兵制有三：「卒更」、「踐更」、「過更」。所有的人每年要服兵役一個月，另外還要戍邊三天，這一種叫「卒庚」；如果有人不願服兵役，可以用錢雇人替，這叫「踐庚」；每人戍邊三天，往返要很長時間，每人出錢提供給邊塞常駐軍，這叫「過庚」。

兵士叫「更卒」。漢朝的制度，免去某人服兵役叫「不庚」；率領軍隊的官吏，叫「左更」、「右更」。「更」就是「庚」，後來的「打更」亦由此而來。

常因制度關係影響詞義，有二。

1　古人服兵役，是輪流的，如《左傳‧莊公八年》：「瓜時而往，及瓜而代。」後來，凡輪流換班的叫「瓜代」。因服兵役是輪流的，叫「更」，故「更」有代替、變更、更改的意思。

2　「庸」，用人當兵叫作「更」，古時可雇人當兵，後來「雇人」叫「傭」（這是秦漢以後的制度）。「故」，使為之也，即用今之「雇」字，「傭」、「庚」、「故」實一也。

〔辛〕：《說文》對「辛」的形體的分析完全錯誤，從一從𨐅（一ㄢ）。我們認為「辛」是「斧子破木」，即「薪」。辛字，上面是「二」（上），下面是「羊」（ロㄣ），《說文》卷十二上的「撖」，卷三上云：干，從反入一為「干」，入二為「羊」，「羊」言稍甚也。「干」、「羊」全

是兵器，因而有「刺」的意思。「干」作「刺」解，《尚書律》講到刑法時說：「涿鹿者竿人顙也，黥者竿人面也。」「竿」即「干」，刺也，「顙」，腦門兒。刺而塗色，即刺字。「𢆉」與「干」義同，但不是一回事。「𢆉」在古書中常用「揕」代替，《史記・刺客列傳》：「左手把其袖，右手揕其胸。」（指刺秦王）

〔戡〕（卷一二下，音 kān）：《爾雅・釋詁上》：殺也。《說文》卷一二下：戡刺也。即今之「砍」、「斫」，也可說與「斬」同。刺殺上者（領導者）就是犯罪，故「辛」作犯罪解。「奸」也是犯罪。「宀」（ㄇㄧㄢ）部「宰」（下云）：「辛，辠也」。「辛」，不單作犯罪解，「辛」和「罪」根本是一個字，相通。水部「滓」，新也。從「辛」得聲。「辛」就是犯罪、犯上。「新」，砍柴，從辛聲，有砍的意思。「辛」又作「辣」解。辛作辛辣解，為味道。從味道聯繫《說文》有個「苦」字。《說文》卷一下「苦」：「大苦，苓也。」即甘草也。「苓」，《說文》又曰「卷耳也」。

〔辜〕：古時一種最厲害的刑法。《周禮・春官》中有一種祭祀叫「疈辜」，即在農耕之時祭祀，防災害也。鄭眾注：「罷辜披磔牲以祭，若今磔狗以止風。」「疈」即「副」，「披磔牲」，按《說文》「罷」應為「㔭」，用刀劈開也。用刀劈開牲畜來祭祀。「辜」，是殺的方法，分屍，開膛。《禮記・月令》中也有這種祭祀，叫「磔禳」，即殺而祭祀以禳除災害。「磔」音折。《漢書・地理志》：「雲陽郡有越巫䏣鄜初。」「殆」即「辜」，《說文》中「辜」的重文。「殆」，後來上面丟一橫，而成為「䏣」。「鄜」即「禳」的假借。「䏣鄜」是祠堂，在萬物生時，用這種方法禳除災害。《史記・封禪書》：「秦德公作伏祀，磔狗以禦蠱災。」「蠱災」即蟲災。「伏祀」，夏天祭也，現在還稱夏天為「伏天」。秦德公的「伏祀」即用的「副辜」，「副」從「畐」得聲。「畐」，讀若「伏」，這證明「伏」即「副」。《周禮・冬

官》：「不伏其轅」，指大車輪。《周禮故書》作「偪」，可見「偪」即「伏」，「伏」即「副」，因祭祀名得「伏天」之名。

「辜」作為殺人的方法，也見於《周禮・秋官・司寇》，「殺王之親者辜之」，礫之剖腹，張之曰辜。

《說文》另有一「殆」（卷四下，音kū），枯也，骨肉乾枯，曰殆，實即「辜」。草木死曰枯，其實即辜。另有「鬍肉」叫「劃」，「劃」實是「辜」一聲之轉。

「罪」（罷），即「辟」，就是刑法。「辜」，按聲近於「劃」。「劃」判也，即剖腹。

〔辡〕、〔辭〕二字相通。

《書經・呂刑》：「民之亂罔不中聽獄之兩辭。」「亂」，治也。「辭」，即口供。「中聽」，原被告之口供也。用言語來辯其罪也叫「辡」。《說文》卷九上又有「詞」，意內而言外也。「詞」，作虛詞用。許慎在解釋「者」時說：「別事詞也。」《漢書・藝文志》「道家者流」，「者」是虛詞。

「弞」（卷五下，音shěn），兄詞也。《說文》中「兄」不作「兄弟」解，「兄」即後之況且的「況」字。「兄」，古音在「唐」韻，念「ㄏㄨㄤ」，是「甚」的意思。《莊子・知北遊》：「每下愈況」，「況」，甚也。《詩・小雅・出車》：「僕夫況瘁。」（現在的話如「今天熱得ㄏㄨㄤ」、「累得ㄏㄨㄤ」，即「甚」、「很」也）《左傳・宣公十二年》：「困獸猶鬥，況國乎。」後有「矧」字。

「乃」，詞之難也。「難」，轉折也。

「爾」，詞之必然也。即表「必然」的語氣。

「意內而言外也」，指虛詞，意義包含在內（難以說出）。

「辭」，用語言作辯論，辯論的事在訴訟中最甚，因此凡辯論謂之辭，辯論的文章叫「辭」，故通稱「文辭」。

古人認為語言是認識事物和處理外界事物以及表達意見的形式，語言的處理作用特別表現在「獄訟」。「訟」又作「頌」。「頌」，貌也，即把事物的相貌形容出來。「訟」、「頌」，言也。「詞」與「司」相通，「司」，臣司事於外也。「司」後來變為官，即是用嘴來處理事物，如「司常」、「司馬」。《周禮‧地官‧師氏》：「師氏司王朝」，「司」作動詞，管理也。《山海經‧大荒西經》：「以司日月之長短。」「司」作「認識」解。《文始》說語言與「士」有關係，「士」事也，數始於一，終於十，從一從十。「士」、「事」是聲訓，同音，古書中「士」就作「事」用。《論語‧述而》：「雖執鞭之士，吾亦為之。」《詩‧豳風‧東山》：「勿士行枚。」「士」即「事」，《說文》：「事」，職也。

字的形體是記錄事情的符號，記錄事情最初是記數，故曰「事數」。又，從事也叫「事」，故又作「官」解。《說文》卷八上「仕」，學也。古代「官」和「學」是一樣的。「宦」就作學解。《禮記‧曲禮》：「宦學事師」，「宦學」連用（周禮），《左傳‧宣公二年》：「宦三年矣」，學習了三年。「宦」、「官」義近。《詩經‧魏風‧碩鼠》：「三歲貫汝」，「宦」，服侍也（與做事有聯繫）。

## 五　辡部、壬部、癸部、子部的字及與之相關聯的字

〔辡〕（卷一四下，音biǎn）：「辠人相與訟也。」（兩個罪人爭論）《說文》認為辡即辯論之「辯」。《說文》卷一四下有「辯」，治也。「辨」，別也（同今之「分辨」之辨），這些字的共同意義是「分別」。這是由「釆」、「番」來的，《說文》「審」從釆，「釋」從釆。「播」，種也，一曰布也。分散穀實叫「播」。《說文》卷一上「班」，分瑞玉也。「瑞玉」，以為憑信的玉。「瑞」有憑信之意。憑藉一般分

為兩方的「瓣」有分開之意。

在研究語言時，我們要善於考查其特殊的音。一個字有時分出許多音，考其特殊的音，很有用處。

《文選》謝惠連〈祭古冢文〉，李善注「瓣」一作「辯」，字音「練」，「瓣」與「練」通，這是一個特殊音。

「柬」，分別簡之也。「𤔔」，治也（即用手分絲）。（「示」，《漢書‧地理志》：「代郡狋氏。」孟康注音為「權精」，因此「觀」、「視」相通也。所以《爾雅》：「觀，示也。」）一方面作分析解，一方面作總括的綜合解。因此「釆」，一方面是分析之義，一方面又有總括綜合處理之義。

「諸」，作分辨解，總括之詞也叫諸。

《爾雅‧釋魚》釋「龜」：「前弇諸贏，後弇諸獵。」《聲類》：「諸，詞之總也，即都也。」

「諸」作「都」始於漢朝，漢朝有一種考試叫「都試」。《漢書‧兒寬傳》：「為弟都養」，「都」作總括解，故「辦理」的意思是從「都」來的，漢朝有「都水衡」（治水的）官名，管理陂池灌溉之事；「都司空」官名，掌管詔獄之事。「都尉」，官名。漢武帝於邊陲之郡置之，秩比太守，掌管佐守，典武事。

《楚辭》後面有「亂曰」，即總結的話。

「諞」（卷三上，音根據《廣韻》符蹇切為piǎn），「便巧言也」。一曰辯論也，它也與普徧（遍）的「徧」意義完全相同。

〔壬〕：象人懷妊之形。字從「工」。「工」作規矩解，「巨」（矩），後為「榘」。《說文》卷五上「工」，象人有規矩也。古代的標準全以人尺為標準（上身作標準的，如「仞」、「尋」，下身作標準的，如「脾」、「表」），《周脾算經》的「脾」即「表」（直立的），「脾」是「表」的真正語言。《詩》毛傳：「自左膘而射之。」「釋

文」:「臏」一作「脾」。故有勾股,然測弦。「工」代表人形體,《說文》卷四下丏部:「髀」,股也。所以最初的「表」就是「股」。

由此看來,文字與古數學、哲學、醫學都有關係。

《論語‧鄉黨》:「季康子饋孔子藥,孔子曰丘未達,不敢嘗。」《左傳‧成公十年》:「攻之不可,達之未能。」「達」,扎針也。

《說文》:文章工整,即合規格也。「工」與「巫」同意,「巫」與「工」同意。「巫」(巫)以舞降神,象人兩袖,故「工」是人形。

「壬」字中間一橫為指示,表腹中有妊也。「妊」、「孕」相同,與「乳」也有關係。「乳」也作「產生」解,故小孩叫「乳」(能長養故)。《說文》卷一二下有「娠」,「婦人妊身也」。《尚書‧梓材》有「娠婦」,「娠」、「乳」一音。《說文》卷一四下子部「孺」,乳子也。

「娠」,人妊辰叫乳。「雛」,雞仔也。於草木,如「桑葚」,「葚」、「妊」音同。人懷妊腹中有物,故有「擔任」之意,《禮記‧祭義篇》:「班白者不以其任行乎路。」鄭注:「任,擔持也。」《說文》卷八上:「任」,符也,保也。「保」,也可說是「抱」字,古文「𠣾」。

「勝」,任也,由抱持、擔持引申為擔任職務等。《周禮‧天官‧太宰》:「以九職任萬民。一曰:三農,生九穀;二曰:園圃,毓樹木;三曰:虞衡,作山澤之材;四曰:藪牧,養蕃鳥獸;五曰:百工,飭化八材;六曰:商賈,阜通貨賄;七曰:嬪婦,化治絲枲;八曰:臣妾,聚斂疏材;九曰:閒民,無常職,轉移執事。」《白虎通義》:「男」,任也。(力田的男,有擔負之意)

「賃」(lìn),庸也。

〔癸〕:癸,籀文𤼈,說解中引太乙經,「象人足」。「癸」古時為「揆」度也,測度也。「共」,古文為「𠈮」(象四隻手形)。《詩‧商頌‧長發》:「受大共小共。」《毛傳》:「共,法也。」《廣雅》:「共,

法也。」章太炎認為是象四隻手，不一定是四手，古時亦用手足測度。

橫行為「ㄓㄥ」，直行為「步」，古以步測量。「直」，正也，《詩‧小雅‧大東》：「其直如矢。」

手部「揆」，葵也。在經典中揆度的「揆」常寫「葵」。向日葵的葵也是由揆度之意來的，因為它向日，古人辨方向，測日影，都依據葵花。《左傳‧成公十七年》：「仲尼曰：『鮑莊子之知，不如葵，葵猶能衛其足。』」（鮑莊子：鮑牽，人名，遭刖刑）後又叫葵為「衛足」。

「傒」，左右視也（由揆度意來的）；「睽」，目不相視也（眼在兩邊），由左右視之義來的。因為測度，故包括有法度，人的行動有法度叫「威儀」。《說文》卷一〇上有「驍」，「馬行威儀也」。

〔𰀀〕：子。另有兩個形體，「𓏧」、「𰀁」。

由《說文》看，「子」和「巳」相同。未生者（胎兒）叫「巳」，出生的叫「子」，《說文》「子」和「巳」相通。甲骨、鐘鼎的「巳」都用「子」表示，甲骨、鐘鼎的「子」為「𰀁」。由《說文》看「子」（出生者）、「巳」（胎兒）、「孴」（生產的過程），三字皆在「咍」部。在草木方面，「才」（地上剛露一點苗，實是種子），「茲」（長出來叫茲），「才」、「茲」同，「𪔉」、「鎡」（才、茲），「滋」，草木生長的過程。「之」、「蒔」也是一個語言。「蒔」，種子叫蒔，培植也叫蒔。

「才」，現在一般人用為「天才」、「才氣」，實際本義並非如此，此是引申義。荀、孟辯，一主性善，一主性惡，二人說的不是一個東西，荀子說的是原質（說原質是相同的，通過教育才有善），《孟子‧告子上》：「性猶杞柳也，義猶桮棬也。」孟子的性，是作動機講（不作原質講），是唯心的。孟子的「才」作原質講（即素質）。談及草木種子方面他認為所有的種子都差不多，如柳樹的種子培養之後一定長

成柳樹，因此認為種子裏面，包蘊了整個的東西，他的理論用到人，即為「才」，即謂此人所包蘊的素質。由於人包蘊的原質好，而由才引申為「天才」、「聰明」之意，也引申為材料之「材」（才）。

〔字〕：《說文》卷一四下作產生講。《易經·屯卦》：「女子貞，不字。」「不字」即不嫁，或不生小孩。反映在草木上，常以草木滋長標誌時間，草木一年生一次。「載」即「才」，另外如「祀」、「茲」、「年」（《孟子·滕文公下》：「今茲未能，以待來年」）、「時」，可標四時，古人看草木生長規定時間，再引申可以標方向，標東西。「之」，也作往解，因此這些字可變成指示。「之」，往也。「茲」，這個。「時」，是（於時，即於是）標地域、標東西。由此可知由文字學也可講語法。

〔穀〕（ㄍㄡ）：乳也。一曰穀瞀也。穀有二義：（1）哺乳小孩；（2）作「小孩」解。《廣雅》：「穀」，子也。《說文》訓「乳」是根據《左傳》而來的。楚國有個令尹子文，名叫斗穀（gòu）於（wū）菟（tú）。他是楚國斗伯比與䢵國國君女兒的私生子，被拋棄到雲夢澤中，有虎給他餵奶。後被人收養。楚國人把奶叫作「穀」，穀把老虎叫作「於菟」，所以令尹子文名叫斗穀於菟。穀又是成人吃的東西，也作生養解，《詩·王風·大車》：「穀則異室，死則同穴。」穀又表示為「生」。小的東西也叫「穀」（gòu），「穀」（卷九下，音bó），小豚也。「貔」，其子穀（《爾雅·釋獸》：貔，白狐，其子穀）。「穀」，本是小米，也叫「穀」（ㄍㄡ）。「穀」和「狗」的聲音同，古人認為「狗」和「犬」不同。《爾雅·釋畜》：「犬未生豪者狗。」（犬生的子，見〈釋畜〉。）（狗子未生乾毛者謂之「未成豪狗」。《釋文》謂乾毛即長毛也）〈釋獸〉：「熊虎其子狗。」（初生的叫狗。《爾雅義疏》：《左傳·昭公七年》正義引李巡曰：熊虎之類，其子名狗。《晉律》：「捕虎一，購錢五千，其狗半之。」（狗即小老虎）

「羔」，《說文》謂「羊子」為「羔」。其實不止限於羊，罵人常有「X羔子」，即小的意思。「犢」，牛子也。郭注：「青州（山東）人呼犢為狗。」漢朝人把「犢」讀為ㄍㄡ。《漢書‧朱家傳》：「乘不過軥車。」晉灼注：「軥，小牛也。」

「㝅瞀」（瞀，mou、wu二音），疊韻連綿詞，人部有「佝瞀」，傻子被稱為「婁務」，即愚蠢。「童」作小孩解，又「童蒙」，無知也。

〔孿〕：一乳二子也（一胎二子俗稱「孿生」）。和「麗」聲相同，對轉音。因此草和木兩個一起長出來叫「麗」。一則用於人，一則用於草木。「麗」最初為「麗」（《說文》卷一〇上），麗，旅行也（原義旅行，必二人以上，今一人也叫旅行）。「鹿」是一對一對地走，故從鹿，兩個在一起挨著，夫婦為「伉儷」（在一起，有傅儷之義），草木在一起謂之「棽儷」。因此「麗」即「連」。《說文》卷二下：「連，員連也。」段注：「負車也。」負車者，人輓車而行。古車用二人以上或兩隻馬拉，故曰連有連繫義。「輦」，輓車也。因有聯繫義，故二人拉著手，《說文》卷一二上為「攣」，繫也。馬融注：「攣」，牽連。「鱗」也是連，鱗是一塊塊連起來的，如「鱗集」。「變」，慕也，即今戀愛之「戀」。

〔孺〕：卷一四下「孺，乳子也，一曰輸孺也」「童」（東韻）、「孺」（侯韻），音近，趙注：「孺子，童子也。」《尚書‧金縢》：「公將不利於孺子。」

《禮記‧曲禮》：「君夫人曰小童。」（諸侯的夫人自稱小童）「卿夫人曰孺子」，「大夫夫人曰孺人」。

《說文》卷三上有「童」字。「僮」，未冠者，「童」，奴隸。古代的奴隸都剃去頭髮，叫「髡」（ㄎㄨㄣ）。小孩在未冠之前髮短，奴隸不能戴冠，故叫「童」。

　　以上許多字的意義等於現在的「禿」（無髮也），《喪禮》：「禿者不鬀。」北方管草木不生的山叫「童山」，即「禿山」。「童子」、「孺子」、「禿子」在語音上相同，又稱作「豎子」。《周禮》有一種官叫「內豎」，漢人解釋：「豎」，不戴冠的小孩，或根本不能戴冠的奴隸。「輸孺」是疊韻連綿詞，表示小義，又作愚昧解。《荀子》：「偷儒（ㄕㄨ，ㄖㄨ）憚事」，《方言》：「儒輸，愚也。」因此證明「輸儒」即「豎孺」。《漢書‧高帝紀》：高帝罵人常用「豎儒」，另外也常罵「腐儒」。《方言‧十》：「東陽之間謂短曰府。」「府」，小義。《易經‧井》：「谷射鮒」，虞翻注：「鮒」，小魚也。所以鮒是小的意思，由小又引申為愚蠢的意思。

　　另外，「豎」、「孺」、「童」，有直立之意。《顏氏家訓‧勉學》記載晉的歌謠：「上車不落，則著作。」「著作」，官名。「不落」，剛站立的。晉朝的各大家族之小孩，皆有官銜，如王謝之家。對於那些施於草木的字則為「樹」、「穜」（穜，《說文》種植之種）、「種」（種，《說文》種子的種）。章說以上這些字的初文為「豆」，祭器，高腳盤子。《周禮‧冬官‧瓬人》：「豆中縣。」「豆」有直立之意，後為豆子之豆，與小意有關。

　　〔季〕：稚者聲，季有小的意義。《周禮‧考工記》有「季材」（小的木材），《禮記》有「季指」，即小指。《說文》有「穉」，幼禾也，也是小的意思。唐詩「穉」作小解。杜詩中「穉」、「季」、「稚」是同一語言。「銳」和「穉」音近，「銳」，小的意思。《左傳‧昭公十六年》：「不亦銳乎」，杜注：「銳，小也。」尖銳和小意義相通。

　　〔孟〕：𤉸（古文孟），長也（實即大的意思）。「𤉸」（鐘鼎文）。《管子‧任法篇》：「莫敢高言孟行，以過其情。」說大話叫「孟浪之言」。《尚書‧大傳》：「孟侯」（天子的太子到十八歲叫孟侯）。由大的意義引申到「第一個」，也是大義，《左傳‧隱公元年》：「惠公元妃孟

子。」因此，大的意思與開始的意義相同。「孟晉」，指學業大大地進步。孟和猛義也相同，「猛」，魯猛，有大義，和「莽」、「蠢」也相同。《水滸》：「莽大和尚。」

訓詁有三種方式：（1）比較方式；（2）推原的方式；（3）音訓。在研究詞義時，聲訓很重要，語言表義主要靠聲音。

「孟」字在古代用它作過聲訓，《大戴禮記·誥志篇》：「明，孟也。」「明、孟」古音皆在唐韻，又雙聲，又疊韻。「幽，幼也」，皆在幽韻。「明、孟」是一個語言。表明亮又大的意思。「幽幼」是一個語言，表幽暗有小的意思。《說文》「囧」，賈待中讀與明同。「明」即「光」。從光聲的，有「黃」、「廣」，皆作大解。「盟」（卷七上，俱永切jiǒng），兩國之間交好則用盟（有明的意義），是約天神來表明心境。「炳」作光明解。「望」，月滿叫望。所以明和大，意相通。明、幽是對待，知「陽」、「陰」亦是對待，「陽」有高大之義，「陰」有下濕之義。

〔孤〕：無父也。本來是「子」，父親死了才能稱「孤」。《左傳·哀公二十七年》：「陳成子屬孤子，三日朝。」「孤」最初義，即為人後者，子也。「孤」應和「后」是一個語言。《說文》卷九上：「后，繼體君也。」從口，可發號令。實際就是「子」的意思，即君的兒子，後來也用「后」。今簡體字與古同。「後」，「㐆」（卷四下，音yāo）（幺），從「孑」（彳）、從幺攴，「㐆」象子初生之形，所以說從子。

「胤」，從幺，從肉。說血統之義。麼是幼，我們說后等於說「幼」。「皇后」即皇上之妻。

古代諸侯，也稱「群后」。《尚書·舜典》：「班瑞於群后」，即君之次一等者，故「侯」和「后」有關。如「文王」有時稱「王后」（未王之前），改後為「司」，「司」是「嗣」的古字。古書以司為「嗣」，諸侯為「嗣位」，即繼體也。《儀禮·特牲禮》：「嗣舉奠」。君

的繼體君叫「后」，諸侯的繼體及大夫的繼體叫「嗣」。古文常說「繼」「續」，此與「嗣後」意義有關。

《周禮・天官・掌次》：「孤卿有邦事。」君下有三公，公下有九卿，再下有大夫。三公的副手叫「孤卿」（即繼續三公者），可見「孤」與「后」、「子」義同。由無父叫「孤」，故訓「獨」。「孤」、「寡」也是一聲之轉。

〔存〕：恤問也，從子、才聲。段說從子、在省，我們說「存」、「才」是雙聲。章太炎認為「恤」、「問」的合音就是存（章太炎《文始》卷三，這個解釋也不妥）。我們認為「存恤，問也」。古書中「存」、「恤」常連用，如「存恤幼孤」。「存恤」即問的意思。《戰國策・秦策》：「無一介之使以存之。」「存」，問也。《周禮・小行人》（小行人，即外交官）有幾種禮節：「存」、「頫」、「省」、「聘」。「存」即問也。《周禮・大行人》（大行人，外交官）：「歲徧存」，到諸侯那幾問，故「存」有到的意思，至也。「所存者神」。

凡問，必有對象，因此，「存」亦作對象講。《詩・鄭風・出其東門》：「出其東門，有女如雲；雖則如雲，匪我思存。」「存」，即是對象，故存有客觀存在之意。「存在」之義由此而來。

「存恤」是個合成詞。《說文》卷一〇下有「恤」字，作「憂」講。「恤」也是一種禮節。《周禮・春官・大宗伯》：「以恤禮哀寇亂。」「恤」即慰問。「存」義與「親」聲義皆有關。《說文》卷八下：「親，至也」。又《說文》卷七下「窺」，至也。（二者同）親有親密親愛之義。《墨經・經說上》三個說法：（1）知；（2）聞；（3）親。「身觀焉親也」（自己到那兒看過叫親），古文有「親自」、「親身」，所謂「至」就是自己真正到那兒，故「至」訓親，因此「存」、「親」有關。因自己親身接觸，故有親密之義。古人棺材靠身體的叫「櫬」（彳ㄣ），「跣」（xiǎn），足親著地也（光腳，腳挨地也）。

　　「存」訓「問」，問就知道得詳細，故「存」與「悉」有關，詳盡也。「𢝔」（悉重文），「觀」古文「𧾷」，「省」古文「𥄶」，因此，「𢝔」，詳盡也。觀察之後，才能「悉」，才能知道詳細。

　　《說文》卷一二上：不，「𠀢」，鳥向上飛；至，「𨺜」，卷一二上，鳥向下飛。《說文》解釋根據《易經》「否卦」。因為飛不定所，故有乖離之意，因為「至」，就有親密之義（甲骨、金文說法不同）。

　　〔𣪊〕：放也與「孝」不同，（𡥈，孝，善事父母者。），此是傚仿之效，但有的作效字，非）。卷一四下，「放」包括模仿的仿「放」（《說文》卷四下）逐也。也有放棄之義，另外還作依據解。《論語・里仁》：「放於利而行」，即依據利而行。《國語・楚語下》「民無所放」，即百姓無所依據也。因此依據即仿傚也。這個形體與孝不同，篆文有別，楷書不別，故朱熹解「教」為「文孝」，大錯。古書有「追孝於前人」，可以看出「孝」即「效」也。另外《詩經・魯頌・泮水》：「靡有不孝，自求伊祜。」鄭箋：「孝作效法解。」古書中「孝」與「效」常錯亂，應注意。「孝」實在和「效」是一個字。《說文》卷三下：「效」，象也。

　　「象」，長鼻象，因此有最大之義、形象之義。腦子裏的形象為想像。《韓非子》：「人希見生象」（在當時很少看到象），因不見，故有想像之義。由此而變成「樣」（《說文》無此字），我們說「樣」就是「象」，《說文》卷一一上「漾」卷一一上讀若 dàng，所謂象就是依照樣子仿傚。

　　「爻」（yáo），一般全用在《易經》，每卦有六爻。為什麼叫爻，《易經》雖是卜書，但要結合當時社會情況，它反映了當時的生產、遊獵、結婚等許多自然現象。《易經》中有「彖」、「象」，這是兩個主要的部分。

　　「彖」即耑，發端也。彖是說原質。《易經》解釋「彖」，才也。

「象」把客觀外物的形象歸納在內，所以一個卦，主要是把客觀形象歸納在內。《易經》解釋：「爻也者，效此者也。」「爻也者，效天下之動也。」「爻」即仿傚。《易經》中的「爻」即包括所有的象。「爻」、「乂」代表光線的射入，即陽光射入，所以「爽」從「爻」，陽光是反映形象最主要的意思。

「學」，就是仿傚，所以「敎」也從「爻」，因有形象才有可能仿傚。

〔疑〕：惑也。《說文》認為㠯聲。「𠤕」，未定也，從匕矣，「矣」就是「矢」的另一寫法，甲骨金文有「𠂢」（矢）。《詩‧小雅‧桑柔》：「靡所止疑，靡所止戾。」「疑」，待著的意思，「戾」義也是一樣。「止疑」、「止戾」都是待著的地方。古代有一種儀式，叫「疑立」。《儀禮‧公食大夫禮》：「賓立於席西，疑立。」〈士昏禮〉：「婦疑立於席西。」「疑立」，即立在那兒一點不動也。因此，「疑」本義為非常固定之義，「𠤕」是疑惑之義，二者相反則相通。

「或」（卷一二下），戈部（咍、德、登，是對轉的音）。「或」是「國」的另一寫法，以戈來守國土，或為疆域之「域」。古音，或、國、域音同，全是表示四境的意思。四境即有固定之義，以戈來保衛國土，也有固定國土之義。《說文》段注引孔子的話說：「或之者疑之也」，「或」也作不固定解，所以對事情不清楚，徘徊，又有疑惑之「惑」。

「凝」、「冰」，《說文》皆讀ㄋㄧㄥˋ，凝結在一起，也有固定之義。「礙」，止也（止住即有「定」義），由固定而有傻的意義，如懝、癡、誑，「疑」從子，故有呆傻之義。

有固定的邊界叫國，也叫或。

「亙」，gèn，另一寫法是㮓，國界之義，現在為「亙」。「恆」，從亙得聲，常也。實際恆亦有國界之義。古文「亙」為「𠄭」，《易

經》：恒，久也（久在咍韻）。《周禮・冬官・廬人》：「久諸牆」，也就是「𢏱諸牆」。

「縆」，大索也。（反映一種制度）最初都城劃界用繩子。《左傳・定公四年》：「命以康誥，而封於殷虛。啟以商政，而疆以周索。」「周索」，即用繩子周圍劃界也。又：「命以唐誥，而封於夏虛，啟以夏政，而疆以周索。」

「擬」，度也。本來是劃界，劃界用繩索，有固定義。

## 六　了部的字及與之相關聯的字

〔𣎺〕：㲼（卷一〇下，音 liào）也，從子，無左右臂，象形。象小孩在襁褓中的形象。「㲼」，行徑相交也。「𣎺㲼」是疊韻。因此，「𣎺㲼」的本義是相聯繫、相捆之義。「繚」（卷一三上，音 liǎo），纏也。「繚」、「繞」，此二字同「𣎺㲼」。「䩗」，捆馬肚也，也是繚繞之義。引申「墉」（卷一三下，音 liáo），圍繞的牆。「橑」（卷六下，音 lǎo），椽也。一曰蓋弓也，也有圍繞之義。

〔𠃊〕（丩）：與「𣎺」義相近。「𣎺」，宵韻，「丩」，幽韻，二韻相同之處很多。「丩」，相糾繚也。因此「丩」、「了」同義。「糾」，三合繩，即三根繩糾繚在一起的繩子。

「收」，捕辠人也。《毛詩》：「屈」，收也。凡捕辠人必用繩縛其手足，其手足必屈。故二解相通。「收生」，也是把小孩捆起來。凡是纏繞在一起叫「了」。「了」本身是代表最小的小孩，所以和「𢀩」（巳）、「𠯳」（巳）意義全同，聲音也相同，全是小孩。

《周禮・冬官》：「里為式」，鄭玄注：「里」讀為「已」。《說文》：梠、梩、「𠯳」、「里」同，故「已」和「了」聲音有關。「已」，止也。「了」，沒完沒了（無止無已也），有終止之義。因為「了」可

作終止解，故可用於語終詞。《禮記・檀弓》：「生事畢，而鬼事始已。」「已」是虛詞，句子結束的虛詞。還有「矣」與「已」近，如《詩・召南・草蟲》：「亦既見止，亦既覯止。」「止」是虛詞。古時語終詞用「哩」（古小說用「哩」），現在用「了」。

「了解」，終止之義。現代漢語中的「明了」、「了解」，不是現代才有的，《世說新語》中就有「小時了了，大未必佳」（指孔融）。「了了」，聰明也。「了」是假借，《說文》有「憭」（卷一〇下），慧也。《孟子・離婁上》：「眸子瞭焉」，「瞭」，明也。《說文》無「瞭」字。《說文》卷一〇下「恔」，明也。「燓」，焚燓祭天也。燒柴故光明。「燎」（卷一〇上，音lǎo），焚燒也，故有光明義。

〔孑〕（子），〔孒〕（孒），實是一個語言，連綿字，古謂初生小孩，今說初生的蚊子。《爾雅》「蛣蟩」，《廣雅》「孑孒」。單用「孑」的很少，單用「孒」的有《左傳・莊公四年》：「授孒兵焉」。「孒」，《方言》說是一種無刃戟，但《方言》子加「金」旁，「鈌」。戟之形為卜，卜，象人一臂也。

## 七　孨部、厽部、丑部、寅部的字及與之相關聯的字

〔孨〕（孨）：彳ㄋㄥˇ，謹也。

孱，音ㄔㄢˇ，迮也，一曰呻吟也。「孨」、「孱」二字沒分別。「迮」即今之「窄」。《說文》凡是三個形體在一起的字都表示多數，如「品」、「芔」。古人說三不一定是三個，是代表多數的意思。「彡」，手之列多，略不過三也。再如「彡」、「厽」。「孨」，古文是多數的小孩擠在一起。「孱」，上邊的屍是屋形，孨表示多數小孩擠在一個屋子內。

《說文》「屋」字也放在「尸」部，實際上上面不是「屍」（ㄕ）字，一曰尸象屋形。

「孞」、「孱」，擠在一起，表示不舒展，呻吟，心中不舒展。北京人罵人叫「孱」（意思是別和這個人摻和在一起），這個詞起源很早，《史記》中用過，《張耳陳餘列傳》：「貫高曰吾王孱王也。」《史記》注為「弱」，不妥。作呻吟解的，如宋人詞中「僝僽」，但加人旁，意思是很愁，心中不舒展，由此又引申為「謹」。《大戴禮記》用孱為謹，「君子博學而孱守之」。謹和孱有關連，謹也有不舒展之意。

「叀」（專《說文》作「叀」，書寫為「專」），小謹也。「專」和「孱」古韻皆在「元」韻。

「專」字另有古文為「叀」，𢊖，這些形體怎麼表示出謹的意思呢？我們要看從它的字是什麼字。

「鼻」下云，叀，如叀馬之鼻（拴馬的鼻，叀＝拴）。

「廎」，亦有拴馬之義。《爾雅·釋宮》：植謂之傅（頂門的棍，即栓、閂）。

叀（專），後變成叀＝叀，玄（玄），繩子綁起來的意思。繩子捆起不能舒展，故訓謹，凡是不能放開的都訓謹。

〔去〕：卷一四下，音tū，不順忽出也，從倒子。《易》曰：「去如其來如，不孝子去出不容於內也」。《段注》：「凡物之反其常，凡事之逆其理，突出至前者，皆是也，不專謂人子。」《易·離卦九四》：「去如其來如，焚如，死如，棄如。」現代成語「突如其來」，是去掉後一「如」字。

去、𠫓，兩個形體都是倒「子」，表示生小孩。

「化」，也是表示生小孩，《老子》：「生化萬物。」

去，生得很順利，突然而出也。「不順」即倒生或橫生的意思。

「流」（卷一一下），「㳊」字「㳊」，篆文從水，㐬部，從㐬得義。

1　流就有下的意思，如生小孩。

2　流水表示滑的意思，痛快之意。

「突」（卷七下），犬從穴中暫出也。「暫出」即很快地出來，時間很短。《漢書・刑法志》中有「駍突」（馬名）。

「出」（聲訓），草木生出也。《說文》還有「茁」（卷一下），《毛傳》：「茁，出也。」「出、屮」意義接近。《說文》「趉」（卷二上），走也。「窜」（ㄔㄨㄟ），從穴中猝出也。小徐本有「祟」，出聲，從「出」聲的「祟」而知窜與出音近。「猝」，犬從草中暴出逐他，如「卒然」。

「屮」，讀若徹，草往上長也，屮作通解，「徹」從育，育就是生小孩。草生與人生小孩古人看法是相同的，故從育。屮也可以訓滑，《說文》卷三下有「㞢」（㞢）（音tāo），滑也。從屮訓滑，《說文》引《詩・鄭風・子衿》：「㞢（佻）兮達兮」，「㞢」即「佻」，《毛傳》：㞢，往來相見貌。「達」所從的聲是「羍」㞢，動生的小羊，生子也。「㞢」、「羍」皆有生子義，故有滑義。另外古人稱煙筒叫「灶突」，煙所出也，通也。

「燹」（爟），煙往上冒也。

〔育〕：重文「毓」，養子使作善也，從「㐬」。因「㐬」是生子的意思，故生小孩從「月」，坐月子。「每」表示草長出來的意思，所以「㝵」（每）從屮從㞢（牧也，就是生產）。《禮記・中庸》：「人道敏政，地道敏樹。」「敏」，生產也，可以說是「母」、「每」的假借。「謀」即「腜」，「謀」為「敏」之假借，生產也，生胎之義。《尚書・虞書》：「故育子」，根據這句話可以證明「育」是古文。現在的《尚書》作「故胄子」。「胄」、「㚸」與「育」、「㐬」二字字形不同，㚸與胄（故胄子之胄）相同。《周禮・大司樂》：「故育子」，《釋文》：「育音胄」，一本作胄。由此證明，育即胄，音同，㚸的初義即生產之義。育和胄的來源都是「由」，《說文》無「由」字，但是從「由」的字很多。《說文》有「㕀」字，即從「由」。「甶」，象草生出也，加

「ㄗ」成合體象形。這類字如「雲、云」、「ᕬ、ㄜ」、「ᵕᵕ、ᕬ」皆是。《說文》無「ㄔ」字，但是有「牀」字，由此證明ㄔ即牀，象牀形，ㄒㄒ（床側倒之形象）。

「由」，草含苞往上長也。《尚書‧盤庚上》：「若顛木之有由蘗」。「由蘗」，樹木發芽也《詩》：「由儀」，萬物之生各得其宜也（此篇已亡，見詩敘）。《易‧漸》：「婦孕不育。」「胤」，血統叫胤，從肉。生叫育，使其長大也叫育，《詩‧邶風‧谷風》：「昔育恐育鞠。」前一「育」指的是農業生產，後一「育」指年紀大。

《說文》有「蘗」，艸盛也，「條」，小枝也。《夏書》：「厥艸維蘗，厥木為條。」

「育」和「由」皆有從一個物體引出一個物體的意思。《說文》卷一二上中有「抽」、「搮」，「搮」（搖或從手從由，即抽字），引也，如「抽繹」、「紬繹」（看書時引申出的意思）。「籀」（卷五上，音zhòu），讀書也，也就是抽繹。

《說文》卷一三上「繅」，繹繭為絲也。草木的生長就是從一個物體引長而出也。

《說文》卷七上「甬」，「草木花甬甬然」。草木的花往上長。「誦」讀「湧」。

璋是圭之半，璜是璧之半，琥是琮之半。琮八角。

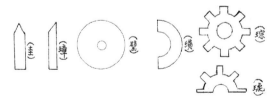

〔疏〕：卷一四下，通也。《孟子‧滕文公上》：「禹疏九河。」即禹通九河也。「流」也訓通，「疏」和「流」在形體上有相同之處，都有生子的象徵。

「疏」（卷二下，音 shū），通也，從𠬢，從疋，𠬢象窗格交橫；
疋表示稀疏，由光線射入稀疏之窗格而顯現通達之意。「疏」與
「疏」二者形體不同，但實際是一個。《莊子·盜跖篇》：「內則疑劫
清之賊，外則畏寇盜之害，內周樓疏，外不敢獨行。」「周」，密也。
「疏」，門上開的洞，即通孔也，由通孔可向外射箭，以作防禦。《荀
子·賦篇》「志愛公利，重樓疏堂。」

「䦔」（卷二下，音 shū），門戶青疏窗也，開孔之後塗以青色。
段注：於門戶刻鏤為窗牖之形，而以青飾之也。《古詩十九首》：「交
疏結綺窗。」「疏」指門。因為門塗上青色，所以漢代的君門叫「青
瑣門」，「瑣」即疏也。杜甫《新興》：「幾回青瑣點朝班」，漢人賦：
「青瑣丹楹」，《楚辭·離騷》：「欲少留此靈瑣兮。」後來「疏」叫作
「欄杆」，後來門環又叫「瑣」，又為鎖。疏──瑣──欄杆──門
環──鎖。雕刻也叫疏，如「疏屏」（屏上刻雲彩），「疏匕」，勺子把
上有雕刻的，後凡雕刻都叫疏。古代的文字是用刀刻的，所以刻字也
叫疏。「錄」，刻也，即今之「錄」。所以「疏」就是「書寫」，「寫」
字古時作丟棄講，如「以寫我憂」。按條文寫下來叫「疏」，《漢書·
蘇武傳》：「數疏光過失。」《漢書·杜周傳》：「疏為令。」《漢書·丙
吉傳》：「召東曹、案邊長吏、瑣科條各人。」「科條」，履歷也。本句
以「瑣」字為「疏」字。《說文》「疋」，一曰疋記也，實與「書」同。

作雕刻講有幾個語言和它相通。

「珇」，琮玉之琢也。古人稱瑞玉有六：「圭、璧、琮、璋、璜、
琥」，見天子時用。

「琢」（卷一上），圭璧上起兆瑑也，雕刻有花紋，很好看。瑑，
即紐也，如石質圖章上有鼻，用以繫繩也。

「組」，五彩絲也，繩也。

「慉」（卷一〇下，音 xǔ），「諝」（卷三上，音 xū），作有才智講，相當現在說某人頭腦清楚。

「壻」，也是聰明之義。

「疋」（卷二下疋部，音 shū），從爻，表示通孔透明。「爽」，明朗也，主要也表示透明（從二爻），引申為有漏洞也叫「疋」。「爽」也可作有漏洞解和過失解，如《詩・衛風・氓》：「女也不爽，士二其行。」「疋」、「爽」是陰陽對轉。

〔丑〕（丑）：幽部，象手之形。

丑和内相通，「内」（卷一四下，音 róu）象獸腳蹂地之形。丑就是内，《說文》卷二上有「番」，也可以說是巴掌的巴，「播」可讀為pa。番的古文為「丑」，從丑，與丑古文相通。《爾雅・釋獸》：「闕泄多狃。」「闕泄」，猴子（猴子的一種）。「多狃」，手腳動作多。《爾雅・釋獸》又：「狸狐獾貒醜，其足蹯，其跡𨆖。」「内」，類也。《釋文》：「内，《字林》作狃。」内即丑，象手形，也可說是獸腳形，與「手」相通。「丑」，可說是手，也可說是獸腳的動作。「手」在幽部韻，人動作用手，在古書中有很多用「手」作動詞的，如《逸周書・克殷解》：「乃手大白以麾諸侯。」「手」作動詞用。《禮記・檀弓》：「子手弓則可。」「手」，皆作拿著講。《公羊傳・莊公十二年》：「手劍而叱之」，《公羊傳・莊公十三年》「手劍而從之」。

「丑」與「爪」也相通。鳥獸全叫爪，「爪」、「丑」、「手」全在幽韻。爪的動作也叫爪，後來有「鈔」，取也，即現在的「撈」。與「撩」也相通，「獵也」。「撩」、「獵」雙聲之轉。《說文》卷三下「爪」，䎡（ㄐㄩㄩˋ）也，即「據」。「為」，《說文》卷三下云：「母猴」，「其為禽好爪」，「爪」，抓取也。「獵」，獵取，即以爪抓取也。古時的「為」即打獵，今日有「作為」義。

手、丑、爪的動作是手指相錯。「狃」（卷一〇下，音 niǔ），本是

手指相錯，由手指相錯，引申為「擺弄」的意思，也是「玩弄」義，所以「狃」字後來有不好的意思。《左傳・僖公十五年》：「一夫不可狃，況國乎？」「狃」，古書中一般訓「玩弄」。「狎」，也是玩弄。

手、丑、爪，主要靠動作獵食。《說文》卷一四下「獸」，下從禸，獸的古字。獸主要靠動作獵取食物，《詩・小雅・車攻》鄭箋：「獸，田獵。」「狩」，打獵。《說文》卷一〇上云：狩，「犬田也」。漢《張遷碑》禽獸的獸全作「狩」。獸之得名主要是靠以爪獵食，因此人打獵也叫「狩」。後來把打獵來的獸畜養起來，狩，產生兩個字：「畜」（ㄒㄧㄡˋ）、「擾」（ㄖㄠˇ）。「畜」，田畜也；「擾」，柔順的牛。人訓練一部分獸，讓它幫助人勞動，這一類獸叫「畜」、「㹖」（卷二上，音rǒu）。所以「畜」、「㹖」有訓練之義，《左傳・昭公二十九年》：「乃擾畜龍以服事帝舜。」因此帝賜給他的姓是「董」，氏為「豢龍氏」。古時畜龍，「學擾龍於豢龍氏」。

「畜」，田畜也。淮南王曰：「玄田為畜。」「𤔔」（玄）和「𤲮」（專）是一樣的，因此玄、專引申為「牽」。《周禮》謂牛曰牽，「牲牽」（現代漢語大名在後，如鯉魚、蝗蟲，古書則說魚鯉、蟲蝗），《左傳》有「餼牽」。所謂玄田，即牽引在田地裏的東西。《漢書》：「郡國或饒陜，無所農桑穀（即繫）畜。」人手的動作也叫「丑」，不過寫成「紐」，繫也，一曰結而可解也，以手連結起來再解開。

〔䏶〕卷一四下（ㄋㄧㄡˇ）：食肉也。「羞」，進獻也。二字皆從丑孳生而來。「䏶」，把打來的獸的肉吃掉；「羞」，卷一四下，把打來的野獸進獻。「獻」，進於宗廟的熟肉叫獻，用狗肉作的羹進獻於宗廟。《尚書・皋陶謨》：「萬邦黎獻。」「黎獻」即黎民也。《酒誥》：「殷獻臣」，武王克殷以後，稱殷的臣叫「殷獻臣」。《逸周書・作雒篇》：「俘殷獻民，遷於九里。」「獻民」即殷民也。「九里」即臼裏，在孟津。俘虜的獻民後來才遷到成周。古人打獵，打到的獸自己吃的

是「胿」；自己不吃，進於宗廟或獻給上級者叫「羞」。「㸠」（卷四下音cán），禽獸所食餘也。《說文》卷一上「祭」，薦而加牲曰祭。「胿」、「羞」相等於「㸠」、「祭」。戰爭或打獵俘獲的東西叫「獻」，所以進於宗廟亦叫「獻」，俘獲的人也叫「獻」。古時打仗吃俘獲的人，與獵同，故稱「獻」。「獻」，後來作好的意思講，有好多諡法叫「獻子」，實際是賢的假借。「賢」也是打獵，古時能打獵的好手叫「賢」。

　　古時的戰爭就是打獵，《左傳・隱公三年》「治兵」，出兵叫治兵，回來叫「振旅」。這是說打獵，出去叫「治兵」（修兵器）。本來用兵是為獵食，打仗是由打獵來的。《左傳・隱公三年》：「可薦於鬼神，可羞於王公。」「羞」，祭也。另外管這些祭祀物品也叫「羞」，《左傳・昭公二十七年》：「羞者獻體（脫衣服檢查），改服於門外。執羞者坐行（跪行也）而入，執鈹者夾承之……鱄設諸寘劍於魚中以進，抽劍刺王，鈹交於胸。」「改服」，換衣服。進食叫羞。羞恥之羞是「丑」字的假借。

　　〔寅〕（寅）：古文𡫳（寅）。另外，《說文》卷七上夕部有𡖊（夤），馬融注：「夤」，夾脊肉。鄭康成本作「臏」。由此可看出，這個字的形體象人的夾脊肉，以兩手表示腰。《說文》卷四下「胂」，夾脊肉。「寅」、「胂」本是一個語言，音相通。「申」有一個寫法是「𢂪」，也表示夾脊肉。申一方面是「身」，古「躬」是彎的，「申」是直的，所以說𢂪表示夾脊肉。漢字往往把「丨」變成「人」形，如𣏟、𣏟，但又寫成𣏟。𨤲寫為「𨤲、𨤲」，古文「寅」是兩申站於土，所以寅就是申。寅又作恭敬講，申就有恭敬之義，引申為約束，《文選・洛神賦》：「申體防以自持。」「申故令」。凡約束就有敬意，因此寅也可做敬解，如《尚書・堯典》：「寅淺納日。」申有約束義，所以「紳」（大帶也），所以束身也。

## 八　卯部、辰部、巳部、午部、未部的字及與之相關聯的字

〔卯〕（卯）：象開門之形。關於形體的說法包括如下幾個方面：

1　根據解釋「冒也」，古文為兆。在金文中寫作兆，解釋為帽子的「帽」，古有「兜鍪」，是古時軍隊的帽子，也是「冑」。「兜」即兜起來。「鍪」，即瞀之假借，瞀有亂的意思，「兜瞀」就是頭髮亂則兜起來。《淮南子・天文訓》：「去其瞀而戴之木。」（見《天文訓》）注：瞀，被髮也，即散髮也。第一步是先用木枝把頭髮卷起。《莊子・盜跖》：「冠枝木。」也是用木枝，後來才發展為帽子。《說文》卷六上：「木，冒也。」木和冒同音。古代男女卷頭髮皆用「笄」，戴帽子之後，再用「橫笄」從帽子穿過，兩邊都留一個頭兒，再繫之以玉，後發展為耳墜。《詩・鄘風・君子偕老》：「副笄六珈。」

2　「象開門之形」，「門」字篆文為「門」。「卯」即門之反也，開也。卯、門實際是同義。「門」，聞也，門有通的意思，聞是從耳入，也有通的意思。「囪」，窗，通風光。所以「聰」也是通耳也，故「聞」、「聰」皆從「耳」。通過鼻子也叫「聞」，也有通的意思，門既然表示通的意思，那麼，「卯」就是「門」，卯也就是古「貿」字（貿易也）。《晉書・食貨志》：「貿遷有無。」在古代貿也有開門之義，《周禮・司市》：「凡市入則胥執鞭守門。」「胥」，司市下的小官。因此，可見古代的市場與開門閉門有關。

《說文》卷一二上有「闤」（ㄏㄨㄟˊ）字，市外之門也，可見市有門。《廣雅・釋言》：「貿」，市也。

《說文》「卯」（酉的重文），閉門象也。這反映出一種制度，古代農民收穫之後，把糧納於「酉」。《詩・豳風・七月》：「十月納禾稼。」放出來的是「卯」，納入的是「卯」，「柳」從「卯」聲，所以

「㐭」（穀所振入也）就是「卯」。卷七下「窌」，窖也。實際「卯」和「窌」是一個語言。《禮記．月令》「（仲秋之月）穿竇窌（窖）」高郵注：「窌」（窖），所以盛穀也。《說文》卷五下「嗇」（ㄙe）：從㐭，所以農夫又稱「嗇夫」。

〔辰〕（辰）卷一四下：也有不同的解釋，大致有二：

1　朱駿聲《說文通訓定聲》認為「辰」上部為人形「[illegible]」，因為「后」上部就是人形。下為「[illegible]」（[illegible]），藏也。《禮記．月令》：「女子月辰之夕居側室。」女子來例假，要用東西蓋起來，故藏也。

2　從金文、甲骨文來看，認為「辰」是一種蛤蠣，即「蜃」（卷一三上）。又農夫之農下從「辰」，農字有不同寫法：「[illegible]」、「[illegible]」、「[illegible]」（古文農）。「囟」代表「腦」，所以可念「腦」。還有「[illegible]」。蛤蠣[illegible]，[illegible]後來變成辰，古人主要採蛤蠣為食（見《吳語》），很多器物用蛤蠣作。也是祭器，所以「禮」、「蠣」同聲。《周禮．地官．掌蜃》：「盛以蜃」，盛物之器也。又用大的蛤蠣殼作農具，所以農從「辰」，古時交易也用蛤蠣。「錢」，原是鏟子、農具，原來變為貨幣。

「唇」，口耑也。因可張可合，象蛤蠣，故從辰。

「唇」，驚也。嘴顫動說不出話來。

「㰮」（卷八下，音 shèn），指而笑也。《莊子．達生》：「辴然而笑。」辴即㰮。《書經》：「㰮㰮莫不載悅。」笑則嘴唇開也。

「漘」（卷一一上），靠水邊的山崖。《爾雅．釋丘》：「夷上灑下」，形為[illegible]，也象辰。因「辰」能有開闔動作，所以「踬」、「振」、「震」也表動作。蛤蠣外有硬殼，內有肉，所以「娠」，裹妊，人懷孕如蛤中有肉也。

「[illegible]」，日月合宿謂之[illegible]，《左傳．昭公七年》：「日月之會謂之辰。」「辰」是假借字。日行黃道，月行纏道，黃道是三百六十五又

四分之一日，纏道是二十九又二十九分之十七日，三年一閏，五年再閏，七閏為一章（即日月合宿）。

「辰」字的說法，以古「蜃」字說為可靠。

〔辱〕（辱）卷一四下：恥也。「辱」，最初作「染」講。《儀禮·士昏禮》注：「以白造緇曰辱。」《詩·周南·葛覃》：「是刈是濩」，「濩」，染也。《老子》：「大白若辱。」古時的染料就是蛤蠣。《周禮·秋官·赤犮氏》：「以蜃炭攻之，可以漚棉。」《周禮·冬官·慌氏》：「涷之以蜃。」因此，辱應訓為染，所以沾上顏色有侮辱之義。《廣雅》：「辱，污也。」「辱」和「濁」是一個語言。

「濁」（卷一一上），也是髒和黑的意思，《詩·小雅·四月》：「載清載濁。」「擩」，今用「濡」，成語「耳濡目染」，「濁」、「濡」是一個語言，引申訓「恥」。「丑」即髒的東西，《禮記·內則》：「鱉去丑。」烹鱉必去髒的東西。

〔巳〕（巳）：已也。古代訓詁有同字為訓的，這是一種訓詁的方式，很普遍。「巳」可念「已」。

〔㠯〕：用也，從反巳，賈侍中說：㠯，意㠯實也。〔巳〕（巳）、〔㠯〕（以）這兩個形體根本沒有區別，是一個字，聲音沒區別；巳可念ㄙ、也可念ㄧ∨，㠯可念ㄧ、也可念ㄙ、，「似」從「㠯」。有時相反的兩個形體是一種造字的方法，如「刁」、「乚」等，表示兩個語言，但也有的根本是一個字，可以正寫，也可以倒寫，如「乚」、「乚」、「乚」、「乚」，是一個字，沒區別。「弓」、「弓」，也是一個字，這是一種情況。還有一種情況，本來沒區別，後來成了兩個字，如《說文》卷九上「印」（印），也可寫成「印」（印）。《說文》卷九上「抑」（抑），「抑」（抑）。「印」是往下按，「抑」也是往下按。音同，語言根本是一個，用對轉的音當兩個字用。

《詩·齊風·猗嗟》：「抑若揚兮」，「若」是虛詞，等於「兮」。

「色」（卷九上），顏色也。「顏」（卷九上），眉目之間也。「抑」即眉之間，「揚」即「顙」（卷九上，音 sǎng）。顙，腦門也。眉目之間和腦門，一在上一在下，故用「抑、揚」。《詩・鄘風・君子偕老》：「子之清揚」，現在所謂的印堂就是抑。

「頯」（卷九上），鼻莖也，鼻子以下也。音案，有下的意思。因此，「巳」、「㠯」，是筆勢的變化，實際是一個字。這兩個字的意義：「㞢」，人襄妊，「巳在中象子未成形。」

「㠯」，賈侍中說：「㠯，意㠯實也。」古傳說「芣苢」令人宜子。「芣苢」是今之車前子，一說是苡米。「芣苢」等於「胚胎」，因此，芣苢就是因胚胎而得名。又名「薏苢」，《緯書》載：「禹母吞薏苢而生禹，姒氏。」因吃薏苢而生禹，所以為姒氏。《論衡》也說：「夏吞薏苢而生，則為姒氏。」姓苡，姒氏。賈說即根據傳說來的，因此，我們認為「巳」、「㠯」即古「胎」字。

《說文》中的「㠯」，經典中寫作「以」，《詩・小雅・何人斯》釋文「㠯」，古以字。《漢書》用「㠯」字，班固常寫古字，班固是文字學家，曾作過《續訓纂篇》（揚雄著《訓纂篇》）。「以」是由「佀」（似）變來的，因為秦刻石「似」字的人旁寫在右邊：「㠯人」。後寫成「以」，所以「以」是從「似」變來的。《鄭箋》：「侣讀為巳竿之巳。」現在用「以」不作胎兒解，不作似解，而作用解，這是一種代替現象。從「㠯」得聲的字有「㠯」（異，《說文》卷三上），舉也，舉即共用之義，大家努力協力也。「以」最初是實詞，後變為介詞，《左傳・僖公二十六年》：「凡師能左右之曰以。」「能左右」即能應用也（見杜預的釋例），「以」作用解是由「異」來的，若以聲音說「以」「用」實是一個聲音。

由㠯和胎，即有「始」的意思。「始」（卷一二下），女之初也。《禮記・檀弓下》：「君子念始之者。」「始之者」即胎之者。《釋

名》：始，息也，即孳生也。「胎」、「媽」（二字皆在「咍」韻），「巳」、「㠯」、「孕」（登韻），咍韻、登韻對轉。

《說文》沒「姒」字，有人說「姒」即「胎」字。古書中女長者叫「姒」，小者叫「娣」。

《廣雅》：子巳擬也（這完全是一個語言），《說文》：佀，像肖也（像其父母，骨肉相似）。「肖」，骨肉相似，有小、細之義，相似有細微之處，故訓小、細。

《老子》：「道大佀不肖，若肖，則久其細矣。」所以 ℓ 有小的意思，不像其父曰不肖，像其父繼承其父（形象及地位的繼承）叫「嗣」。《詩・小雅・斯干》：「佀續妣祖」，佀，嗣也。

「巳」、「㠯」、「子」、「似」、「嗣」、「胎」、「始」，這些字完全一樣，演變後才有分別。

人懷胎在腹中，施於蟲也有相同處。《說文》卷一三上有「蛹」，繭蟲。蟲子在蠶包中，或子在蠶包中。「蜄」（卷一三上），蛹也。「蛹」與巳、㠯同。「㗉」，竹萌也，即生之開始。「萕」（卷一下），水衣也，開始長草也，所以草木的開始亦為「胎」。

〔牛〕（午卷一四下）：牾也。與「矢」同義，是一種工具，如「𦦲」（春），搗米也。「𥝋」（秦），即搗禾搗米也。所以「牛」是古「杵」字。古時搗米的工具就是兵器，如「𠂤」（雷），古時「杵」不一定只作搗米用，杵本是古代的一種兵器。「牛」，上從「丁」，丁不一定是釘子，丁也是一種兵器，牛上與牛上相同。

《禮記・哀公問》：「午其眾，以代有道。」「午」又訓「逆」。「敵」，有逆的意思。「丁」訓「敵」，「敵」訓「逆」。「齊謂春為𥫱（ㄅㄛ）」。

古書上「午」與「×」（五）、「互」常通用。「×」交錯之形，「互」，交互，也是交錯之義。經典中常以「午」代替「×」，《儀

禮·大射儀》：「度尺而午。」在度量時常劃一交×符號為記，實際是劃午。

「午割之」，即交 X 割之（烹飪的方法，現在烹魚也用刀割十字）。《周禮·秋官·壺涿氏》：「以牡櫜午貫象齒而沉之。」「牡櫜」即公楊樹，古時認為是能避邪的，沉入水中以避水怪也。凡是「交午」即「交錯」、「交互」之假借。

《說文》卷六上有「柜」，行馬也。木部又有「桓柜」，還有「迦柜」，從前凡是王府前面兩旁都有木製的架子，如圖××××，這叫「柜」，現在軍隊中亦用之，上面還通電，是一種防禦工具。「行馬」即「柜」也，古時軍隊中用。《六韜》：「三年拒守，木螳螂劍刃扶胥，廣二丈，百二十具，一名行馬。」「行馬」，是擋馬的防守器具，以防敵人的馬隊侵入。《六弢》書名，與《六韜》同。《漢書·藝文志》：周史《六弢》六篇，即今之《六韜》也。《莊子·徐無鬼》：金版「六弢」，皆周書篇名。或曰秘讖也。

「齟齬」，不正也，又作「鉏鋙」。

「午」，雖然像一種兵器人，但主要的意義是「屰」。因此從午的字如「語」、「洛」、「䛩」，皆有屰意。最初「言」和「語」全有屰意。「語」，論難，總是對著別人說，所以有逆意。「洛」，論訟。「䛩」，譁訟。這三個字，「語」從「吾」，漢朝有一種官名叫「執金吾」，相當於當今之公安局長，「執金」是拿兵器，「吾」是防止壞人，皇帝出外，作保衛工作。「各」（卷二上），異辭也，不同的分析謂之各，故從口上從夂，「不相聽」，即不聽順也，也有「屰」義。「格」，正也。《孟子·離婁上》：「惟大人為能格君心之非。」糾正其錯誤也，也有屰義。「許」，聽言也（順也，相反的意義）。「忤」，屰也。

從「午」得聲的字還有「禦」（卷一上），所謂「執金午」，「午」

即禦也，禁止也。對轉的音「抗」，禦也，因此守國界叫「圉」
（ㄩˇ），把罪人關起來叫「圉」（ㄩˇ），「囹圄」（ㄌㄧㄥˊㄩˇ），監
獄也。

　　「屰」或「抗」都必須有對象。「逆」，迎也，所以「迎」「逆」是
一個語言。「訝」，相迎也。「遻」（卷二下），相遇驚也。遻音ㄜˋ，
現在用愕，所以被迎接的人叫「客」，從「各」。

　　「溯」（卷一一上），《說文》作「泝」（卷一一上），也作「泝」。
水屰流叫溯。「洄」，水流有曲折。「遡」、「洄」常連用，但有區別，
《詩・秦風・蒹葭》：「泝（溯）洄從之，道阻且長。泝遊從之……」

　　「向」（卷七下），也有逆的意思，所以「仰」、「卬」也有屰的意
思。《戰國策・燕策》：「燕國有勇士秦武陽，年十二殺人，人不敢牾
視。」（言人不敢逆視，人畏之甚也）

　　〔米〕（未卷一四下）：象木重枝葉也。

　　「未」，就是已經成長起來的大樹。《易經・屯》：「天造艸昧。」
「昧」就是「未」，也就是「木」，即「天造艸木」也。由樹成長起來
之後，反映出兩個意思。

　　1　「重枝葉」，故有陰暗之義，茂樹之下光線則不足。

　　陰暗之義：《漢書・律曆志》：「昧薆於未。」「昧薆」，陰暗也。
「昧」即未孳生出來的意思。「昧」（卷七上），爽且明也，一曰闇
也。《左傳・宣公十二年》：「兼弱攻昧。」在古漢語中「未」最常用
的是「否定副詞」。古漢語中用「未」否定與用「無」、「不」否定詞
意思不一樣。用「未」是現在還沒出現，還沒明顯出來用「未」。《史
記・刺客列傳》：「其人居遠未來。」《荀子・正論》：「刑之本，禁暴
惡惡，且徵其未也。」所以未有將來如何之義。因此，凡現在的事情
還不很明顯，但可能發生，用「未」。凡是現在事情已經發生，已明
顯，則用「無」、「不」。「未」在現代漢語中是「沒」。「沒」代替了

「無」、「未」。

「昒」（卷七上）也作暗解，「尚冥也」。「昒」、「未」意義同，《漢書・郊祀志上》：「冬至昒爽。」「昒爽」即「昧爽」。「勿」，否定詞，「勿行」，也有不讓事物明顯出來的意思。

《說文》卷四上有「眛」，目不明也。「眯」（卷四上），草入目中也，也有看不見之義。「迷」，不清楚之義。「寐」，睡覺也。「歿」亦作「歾」，今作「沒」，死也。

2　樹長成之後，可以取果實。

古人認為樹長成之後，即產果。《說文》有「樆」（ㄒㄧ）𣘹（卷三下），形體是山坡上有果樹以手摘取。「𣂞」（制），裁制的意思。「裁」（卷八上），斷的意思，樹長好可裁斷，裁斷故有法度。「制」（卷四下）從未，刀部，物成之後，有滋味故割食，所以作裁斷解，後來的「法制」由此而來。實際「未」即「味」。《管子》：「味者所以守民口也。」吃的東西叫味。《大戴禮》：「食為味。」未和美實是一個語言，《說文》「羊」，祥也。《考工記》注曰：「羊，善也。」「羊在六畜以給饍也。」與此音同者有「肥」，肥即美。肥，肉多也。「旨」，從「匕」得聲，即美，所以後來「脂」即油脂也。《說文》：「樆」，墒（即坼）也。果熟坼（裂開也），所以果子上裂縫叫「未」，古書上用過這一意思，不過是用「昧」來代替。《公羊傳・襄公二十七年》：「苟有履衛地，食衛粟者，昧雉彼視。」「昧」音美，「視」，主要動詞，「昧雉」，賓語，賓語提前，中間必加代詞，「彼」即所加之代詞。「昧」等於後來的「刎」字，這樣就與「釁」有關，有三個音：（1）ㄒㄧㄣ，（2）ㄇㄣˊ，（3）ㄇㄟˇ。鐘鼎文用「釁」代「眉壽」之「眉」。其義是：（1）以血塗鼓上之裂縫，是一種祭祀。（2）兩個人有隔閡，如挑釁。「器破而未柝者」，此正和「未」（裂紋）同。

## 九 申部的字及與之相關聯的字

〔✑〕（申）：✑古文申，✑籀文申。由《說文》全書來看，還有「✑」，籀文「虹」，從申。「✑」（陳），從申。

《說文》常常在一個形體中取象並不一樣，常有幾個字說是一個字。但最初的取象不同，後歸納在一起了。

1　「✑」、「✑」、「✑」，這三個是一個形體，《說文》「虹」下，許君說，「申」，「電」也。反映了「電光」，與甲骨、鐘鼎、石鼓同，因為是電光，所以「申」作明解。

《說文》「申」，「吏以餔食時聽事，申旦政也」（見《後漢書・潛夫論》）。這句話的意思是說，官吏在申時吃晚飯時，聽理公事，是為了申明早晨所布置的政務完成情況。

《左傳・昭公元年》：「朝以聽政，夕以修令。」

「申」因為訓明，故又為「神」，古人認為發光的即是「神」，俗話說有神明。

2　「✑」，即身也，即夾脊肉。

3　「✑」上，古文「玄」與此形同，「✑」中有點兒和無點兒是一樣的，我們認為這就代表繩子，這個形體就是「紳」（大帶也）。「鞶」（卷三下，音pán），大帶也。鞶是用皮韋作的，在皮韋的帶子上佩玉，另外加上絲的大帶，要垂到地上，這條大帶叫「紳」。下垂的部分叫「紳」，紳三尺，指垂的部分，全長不止三尺。《論語・衛靈公》：「子張書諸紳。」「縉紳先生」指不勞動的人，這些人有紳，所以同玄，「玄」也是繫而下垂的帶子。

這三種形式有一個核心的意義，主要是「屈伸」之義，電光有伸展，身能伸展，可直立，紳也是垂直的。因此，與「陳」有關，「陳列」即伸展義，古代「陣」字用「陳」，有擺開之義，又和「引」

同。《說文》有「乁」（乁），音一ㄣˇ，有伸展之義。「筵」，有鋪陳之義。

「紳」，又有約束之義，「約甲申轅」。「信」，也有約束之義。「令」，也是約束。《爾雅・釋詁上》：「申，重（ㄔㄨㄥˊ）也。」由伸展而連接，聯繫起來即有重複之義。

「胤」，子孫相承續也。所以「胤」是由「申」的語言來的。

「孫」，是子之子，有引申之義，從絲，有重複之義。

〔鼛〕：卷一四下擊小鼓引樂聲也。小徐本讀「引」。《周禮・春官・大師》（大師，管樂的官）：大合奏時鼓「㴨」（yin），合奏時先擊小鼓以引導，這個鼓叫「鼛」。《詩・周頌・有瞽》：「應田懸鼓」，鄭康成說「應」為「鞞」（皮鼓），「田」為「鼛」。「鼛」是奏樂時的指揮者，今戲臺唱戲有鼓作指揮，所以等於令，「鼛」為「令」。

「鈴」卷一四上，是軍中發號令的。

〔臾〕（臾）：束縛捽抴為臾。「束」與「縛」可互訓。「捽」，持頭髮也，即抓住頭髮拖拉。金日（ㄇㄧˋ）磾（ㄉㄧˊ），人名，見《後漢書・金日磾傳》：「日磾捽（捆綁）胡投何羅殿上。」「抴」，拉也，拽也。

《漢書・宣帝紀》：「瘐死獄中」（後「瘐」誤為「瘦」），「瘐」即「臾」字，即「困死」之義。另外連綿詞「縱臾」（「縱」，侯韻，「臾」，東韻，侯東對轉，對轉音常為連綿詞），《漢書・衡山王傳》：「日夜縱臾勸之。」「縱臾」，強脅也。「須臾」，對時間拖延。《史記・淮陰侯列傳》：「足下所以須臾至今者以項王尚存耳。」「須臾」作拖延解。「不得須臾」，即不得拖延。

魏晉南北朝時，「須臾」表時間很快的意思，但若細推敲，則為「呆一會兒」的意思，《南史》：「須臾王出。」即停了一會兒王出來了。「臾」，主要的意思是捆起來，古音在侯韻，聲音和「錄」相通。

《國語・吳語》:「囷鹿空虛。」「囷」,音ㄗㄨㄣˇ(今音qūn),存起來的意思,北京話有「囷錢」,即儲蓄之義。賈逵說「鹿」即「臾」字的假借。由此可知,「臾」、「鹿」音同,因為「鹿」音同「錄」。漢朝把盜賊叫作「錄囚」(捕和審皆稱「錄囚」)。《漢書・敘錄》:「宜頗攝錄盜賊。」《列子・楊朱》:「拘此廢虐之主錄而不捨。」《晉書・溫嶠傳》:「敦為大逆之日,拘錄人士,自免無路。」「錄」作捆束講,不只魏晉,《詩・秦風・小戎》:「五楘梁輈。」《毛傳》:「楘,歷錄也。」即束也。用皮韋束縛「梁」和「輈」。

「刻」,卷四下鏤也,也叫錄,纏束也叫錄,「歷錄」、「麗婁」、「離婁」,束也,刻也。「摟」,曳也。

古人以刻記事,結繩也是記事。

「錄」(卷七上),常念舌音,「臾」,常念喉音。「錄」也可念喉音,但常用「角」來代替,《詩・豳風・七月》:「取彼斧斨,以伐遠楊,猗彼女桑。」「斨」,長把兒的斧子,「女桑」,嫩桑樹,《毛傳》:「角而束之曰猗」,角也是束,把桑條拉下來聚集在一個地方,採取桑葉。《史記・留侯世家》「角里先生」又作「錄里先生」。《漢書・谷永傳》:「背可懼之大異,問不急之常論,廢承天之至言,角無用之虛文。」「大異」,大的變化。「常論」,一般的,不急需的,不重要的。「角」,錄也,「記錄無用的虛文」。這就證明「臾」、「錄」是一個聲音。

「臾」和「縷」語言也相同。「縷」,《說文》卷一三上作「線」解,也就是繩子,線可以束物。「鞳」(卷三下,音luò),生鞳可縷束(生皮革可以捆綁東西)。

〔𢒠〕(曳)卷一四下:臾曳也,從申丿聲。「曳」,主要是拉拽的意思。《禮記・檀弓》:「負手曳杖。」《釋文》「曳」亦作「抴」。經典中二者同。《說文》中有「抴」,捈也。「捈,臥引也。」「抴」,橫

引也。《楚辭‧九歌》:「桂櫂兮蘭枻。」「櫂」,楫也。「枻」,應為「拽」,手旁,後來改的,《說文》無木旁者,拖拉謂之曳。

〔西〕(西):《說文》以為是「丣」字變化來的,這是不對的。

許慎怎樣規定重文?《說文》字的來源是經典文字,經典不是一個本子,歸納時,用許多不同的經典文字的本子。因本子不同,所以發生了文字的差異,有許多聲音相同的字,許慎以為是「或體」,也就是以為是重文。

《說文》卷一上示部「祡」(音chái),引《尚書‧虞書》:「至於岱宗祡」,認為「祡」是古文。另外「禷」,許說是古文「祡」,正篆、重文皆為古文。

另一種認為是通用的,「𢿢」,《周書》以為「討」字。《周書》有兩個本子,一作「𢿢」,一作「討」,許以為不是重文,是假借。不同本子上的字不一樣,未必是一個字,如認為是一個字,就要犯錯誤,如:

(1)「對」(對),卷三上應無方也,從举,從口。(2)「對」(對),漢文帝改為從士。二者混同了,古彝器中就有這兩個字,原始不是一個意義。「對」(對),形體較古,草木茂盛之義。《易‧象傳》:「先王以茂對(對)時育萬物。」「茂對(對)」是合成詞,「時育」也是並列結構的合成詞,兩個字意義差不多。「時」也作育解,《尚書‧舜典》:「播時百穀」,「時」即「蒔」,種也。詞賦中有很多用「對」形容草木的。《後漢書‧馬融傳》:「豐彤對(對)蔚」,「對(對)」作茂盛解,後又造一薱字,《廣雅》:「薱薱」,茂也。《文選‧宋玉‧高唐賦》:「㙍兮若松榯」,李善注:「茂盛」,「㙍」與「對」(對)同。對(對)在形休上與「封」相似。「封」、「對」(對),一從土從屮,一從土從举(ㄘㄨ),「举獄並出」。因為並出,故有敵對之義。《爾雅‧釋詁》:「妃」,對(對)也。《詩‧毛傳》:「對」

（對），配也，由此引申為「回答」，二字有連帶關係。

「🐍」（友，卷三下），重文「🐍」，三體石經作「🐍」。「🐍」、「🐍」（與「🐍」也不同）不是一個字，應根據三體石經改。《說文》「🐍」字，因「公子友」有兩個本子（「公子友」是一句話，「友」在兩個本子中有兩種寫法）。「🐍」，下從古文「自」，凡從「自」的多為虛詞，如「者」、「皆」，可見此字為虛詞。朋友的「友」是人與人有聯繫，故從二又。虛詞的聯繫詞也叫「丨又」，但不是一個字，古漢語「有」聯繫數目。「昔」，三百有六旬六日。「十有三載」。也用「又」作連詞，如《左傳·成公二年》：「子又不許」。「🐍」，即現在的「又」，是重複聯繫的意思，最主要的用法是時間上的聯繫，「又吃又喝」。也聯繫兩種現象，「又白又胖」。「又」，強調聯繫在一塊兒，「也」則不強調聯繫。「又」和「再」不同，「再」在古漢中不是虛詞，代表第二次（沒有實現的），「又」表重複（已實現的），現代漢語變為虛詞。

「🏕」，古文「次」「次」《說文》：八卷下「不前不精也」。這是兩個字，二字不完全相同，但有聯繫。古文「次」，是臨時休息所，古時臨時搭的帳蓬。《周禮·天官·冢宰》有「掌次」（官名，掌理帷幕等物之張設事宜）。

1 祭祀（祭天），《周禮·天官·冢宰》：「則張大次小次，設重帟重案。」🏕象其形。

2 田獵時用次，如「師田則張幕」。

3 會同，諸侯會同設次。

4 喪事設次。王三重，諸侯再重，卿大夫不重。《左傳·僖公九年》：「里克殺奚齊於次。」「於次」即在墳旁也，故次必設於郊外，所以郊外也叫「次」。《左傳·莊公三年》：「一宿為舍，再宿為信，過信為次。」因為「次」是住的地方，故訓「止」。《穀梁傳》：「次」，

止也。「次」從二從欠（此是次第之次，與前者古文「次」不同），是序詞，因為從二，故有比次排列之義。《國語・晉語》:「失次犯令」，二字有相通之點，都有止的意思，《說文》解為「不前也」。「逡迤」，行不進也。後來兩個字混在一起了。

「茨」，草房子。一是用草排比，二是可止居之地。

「第」（ㄗㄜ），床上的席子，用草批編成，《儀禮・士喪禮》注:古文「第」作「茨」。

總之，「酉」與「卯」本不是一字，許慎為了說明十二支，而把它們連在一起了，這是不對的。

## 第三節　酉部的字以及與之相關聯的字

「酉」，三體石經作「𢍜」，即「酒」字，《說文》卷一四下「醬」，古文「𦢑」。這個「𣫭」即酒罈子，鐘鼎用「𦥑」。

《說文》:「酓」，繹酒也。酒杯叫「尊」，證明「酉」就是「酒」字。「卯」是「留」字。「卯」，閉門也。

「酉」卷一四下，就也，成熟叫「就」。既然成熟表示一段製作過程，故訓「就」，等於釀成的酒。「酉」引申訓長久之久。施於人與「考、老、壽」同，《說文》「考」、「老」是一個字，壽訓久。《毛傳》壽訓老。「就」代表成功，「老、考、壽」也有成就之義，「考」訓成，《詩經》裏很多。「老」也有成功的意思，「老成」變為並列的合成詞，《詩・大雅・蕩》:「雖無老成人。」「壽」與「老」也相通。《詩・魯頌・閟宮》:「三壽作彭」（「彭」或疑為「朋」），「三壽」者，即三個官，《儀禮》中叫「三老」，即「三卿」。古人把壽和酒聯繫在一起，《詩經・豳風・七月》:「為此春酒，以介眉壽。」《漢書・高帝紀》:「莊入為壽」，「為壽」即進酒，「上壽」即「敬酒」。故秦漢

時「敬酒」為「上壽」。「酒」叫「酋」，飲酒叫「壽」。所以飲酒為後來的「壽」字。「食」，可作東西解，也可以念ㄙˋ，作「動詞」吃解。

「酋」、「考」、「老」、「壽」，有世襲官職的稱謂，《史記》有「疇官」，相傳其子弟叫「疇人」，至十七歲授予「疇官」。「疇」即「壽」的意思。《左傳》「疇」與「昔」常連在一起用，如《左傳·宣公二年》：「疇昔之羊子為政。」《周禮》有「考」，如「設其考」，「考」是一種官，是世襲相傳的，就是「疇官」。《易經·震卦》：「不喪匕鬯」，即輩輩守君位。「匕鬯」是製酒，對老年人的尊稱叫「祭酒」，酒也有尊長之義。因此「酋」是造酒，也用為「酋長」。

「老」和「考」對父之稱，《爾雅·釋親》：「父為考」，也可稱作「老」。《說文》卷三下「叜」（叟），老也，父也。按形體不應作「父」講，應為搜求之「搜」，將「搜」稱為父是「久」（疑或為「酒」）的假借。「叜」，從手（又）持火在屋裏尋物的意思。古人同姓稱「父」，異姓稱「舅」。因此，母之兄弟是異姓故稱「舅」，妻之父曰「外舅」。《釋名》：「舅」，久也。稱兄之妻曰「嫂」，《儀禮·喪服》注：「嫂」，猶叟也，「叟」是老人之稱。

「考」、「老」是長者之稱，如稱人死曰「考終」，也稱「壽終」，也稱「老了」。故「酋」訓「終」，見《爾雅·釋詁》。《詩經》作「完了」解，與終的意義差不多，死了也是完成的意思。《方言》：「酋」，熟也，也就是完成義。《國語·鄭語》：「毒之酋臘。」「酋臘」即成熟的臘肉。「壽」、「老」、「考」跟「少」、「壯」是對待的。因此，從考的聲音有古音的「朽」，腐爛的意思。《釋名》：「老」，朽也。《說文》卷九下：「庮」（ㄒㄧㄡ），屋久朽木也。《周禮·天官·內饔》：「牛夜鳴則庮。」「庮」是木頭朽爛的臭味。從叟得聲的「瘦」，枯也。死人曰「槁」，埋死人之地曰「薧」。

「卯」，是「窖」、「窌」的古字，《禮記·月令》：「穿竇窖」，《呂

氏春秋》窖作「帘」。高誘注：「窖，所以盛穀也。」後盛穀用「庾」代之。「庾」（卷九下），水漕倉也。

「門」訓「聞」，可訓「通」，從耳的「聊」，耳鳴也，雙聲轉為「聾」。

〔醾〕（ㄇㄥ）：麴生衣也。麴（卷七上），音ㄐㄩ，酒母也，在米部，從麴省聲。「麴」為菊花之菊。《說文》「菊」，麥子之一種，從氣得聲。這幾個字不同，「麴」後有「麴」「麯」，是大麥作的。《釋名》「麴」，朽也。《周禮》中有官名叫「酒政」，造酒首先要有「酒材」，要有「式法」（方式）。酒材是麴和米。秦以前作酒，稻為上，米次之，粱又次之。方法是先造成餅，見《齊民要術》「麴餅法」，麴作成餅後，生「五色衣」（「五色衣」即食物生綠毛也），再曬。《方言》「醾」，衣麴，即麴乾了之後生的衣。麴覆的東西為「醾」，從「冡」，所以從「冡」得聲的字有蓋上一層東西的意思。「冡」，覆也。「幏」，蓋衣也。「霧」，冒也，《釋名》：「氣蒙霧」。東西壞了生衣又為「黴」，也就是「醾」。「醾」的語根出於「屮」，屮是地上長出新草之義，也就是「冡」，如「原田每每」，地上生草也。現在說「每個、每次、每言」的「每」都是通假，是「枚」的假借。《說文》卷六上「枚」，幹也，從「攴」，從意義上看即一根棍。古人拿棍可代替別的東西，因此有總括之義，也可總括出旁的東西，慎子分馬用鞭子分。《方言》「枚」，凡也，即總括起來。《左傳·昭公十二年》：「南蒯枚筮之。」杜注：「不指其事之凡卜吉凶也。」「枚筮」是不為事而卜，卜筮時為事而卜的不叫「枚筮」。所以現在用「每」即總括之義，不指具體事情。

〔醲〕（一ㄣˇ）：熟麴也，甚聲。從「甚」的字讀「淫」沒問題，《莊子·天下篇》：「墨子曰：『沐甚雨』。」「甚」，淫聲，由「熟」的意義來的。「飪」（卷五下），大熟也。「稔」（卷七上），音

rěn，穀熟也。「𦎫」（ㄔㄨㄣ純）（享），熟也。「亯」，代表三個字，「享、亨、烹」。「㫗」，古「厚」字。「享」，主要是指熟肉，語源是「羊」熟肉，一方面祭祀，一方面敬老。熟的故曰烹。古「厚」字是「谷」。「𦎫」從亯從羊，飪熟食也。

〔釀、醖〕：不是連綿詞，是對立的兩個詞。酒從未熟到熟主要是醖釀，因此現在事未成熟前要醖釀。

「釀」，醖也。做酒曰釀。《漢書・食貨志》：「麴一斛，采二斛造酒六斛。」《說文》卷五下「鬯」：「以秬釀鬱艸，芬芳攸服以降神也。」用黑黍米釀酒之後要與「鬱金香草」合起來，使之芬芳條暢，用以降神。故鬯、鬱連用。《周禮・郊特牲》：「周人尚臭，灌用鬯臭，鬱合鬯，臭達於淵泉。」所以人祭祀分幾個步驟，先「歆神」，後「薦神」。「歆」是聞味，因祭祀故有恭敬之義，祭祀有兩種儀式。（1）祭天為「柴」「禋」歆神之法。周人尚臭，其祭以煙，柴、禋歆神是將牛、羊、豬等裂肉祭品放在柴上焚燒以祭天，讓神聞味也（然後才是「薦神」）。（2）祭鬼時為「祼」（卷一上，音ㄍㄨㄢ）「灌祭也」，是把熟肉放在茅草上，並將酒倒在茅草上，讓鬼聞味，也叫「歆神」。

「鬯」，用秬來做。「秬」、「䆽」，黑黍也，一稃二米，秬不一定一稃二米。《詩・大雅・生民》：「誕降嘉穀，維秬維秠。」《毛傳》：「秬」、「秠」，黑黍也。秬一稃二米，秬是總名，有的一稃一米，有的一稃二米。一稃二米者，專名曰「秠」。「鬯」，就是釀酒之「釀」。「鬯」，是「發散」的意思，讓米的味道發散出來，「鬯」常用為「暢」（《說文》作「暘」），「暢」的語根即「皀」，古「香」字，《說文》卷七上「香」為「𪏽」。「暢」與「秬」聲音有關，「鬯」陽韻，「秬」漁韻，對轉，「秬、鬯、酒」。

「醖」，也是造酒法。「醖」，蒸，使它悶著不透氣，讓酒發熱叫

「醞」，從皿。「𥁕」，溫的正字，可訓「仁」。「熅」，鬱煙也，堵著煙。「殟」（卷四下），胎敗也，指胎兒在肚子裏悶死。古有「輼輬車」，是一種有棚子的臥車。《史記・秦始皇本紀》：秦始皇死後不發喪，置輼輬車中，「輼」是篷子，「輬」是窗戶，輼輬車就是有篷子帶窗子的車。「氳」，《說文》無此字。在壺部，「壺」（卷一〇下，ㄩㄣ），使氣不泄也。醞就是「鬱」（𩰿），《說文》卷五下鬱（𩰿）：「茅草也。十葉為貫，百二十貫築以煮之，為鬱。」也是悶起來之義。「築」是塞滿用火蒸使其化合，可見「鬱」就是悶起來的意思。夏天之熱為「鬱」，《漢書・王褒傳》中形容夏天的熱有「盛暑之鬱燠」。今天「悶鬱」、「鬱鬱不得志」，因為累積起來，故有「醞積」之說，《漢書・薛廣德傳》：「溫雅有醞積（藉）。」「醞積」，指不完全表露，內藏的東西很多，內容很豐富。「醞」與「薰」同，「薰」，用火烤。「薰」又訓「香」，香草謂之「薰」，芳草也叫「鬱」。所以「醞」、「薰」、「鬱」同。

〔釃〕（ㄒㄧˇ）：下酒也，一曰醇也。此字見於《詩・小雅・伐木》：「釃酒有藇」，《說文》無「藇」字。「藇」，酒很美也，好看也。《詩・小雅・伐木》：「有酒湑我」，這是倒裝句，即「我有酒湑」，湑（xǔ，又 xū），濾過的酒，引申為清。「釃」與「藇」用同樣方法製造，但所用器具不同，古代有兩種酒：濁和清二種，濁酒是帶糟的，清酒是不帶糟的（山西有竹葉青酒，「青」即「清」，不是青色）。酒造好後過濾使其清，《毛傳》云：「以筐曰釃。」即用筐過濾也。《詩・小雅・伐木》「釃酒有藇」《毛傳》「以藪曰湑」，藪（卷一下，音sǒu），大澤也，即用茅草過濾也，故《說文》「釃」訓「下酒也」。「釃」、「湑」也作動詞用，《後漢書・馬援傳》：「援乃釃酒。」「釃」，濾也。「湑」，茜也。「釃」以竹過濾，故有一種竹筐叫「籭」，解為「可以去麤（粗）取細」。

〔釃〕（音lì）：醨也。《廣韻》：「釃」，以孔下酒也。「釃」、「醨」雙聲（以釃的從聲來說）。「鬲」的重文「厤」，從麻得聲。《說文》卷一一上有「沥」（瀝），水下滴瀝也，與過濾同。因此，《楚辭·大招》：「和楚瀝只」，「楚瀝」，楚國所造的酒，「瀝」即「醨」，「瀝」，清酒也。《周禮·夏官·量人》有「歷」字，即「瀝」。「滴」，古音ㄒ一，「滴瀝」，疊韻，連綿詞。

房檐叫「樀」，《說文》卷六上云：「樀，簷也。」和「涕」也相同。「涕」，泣也，眼淚一滴滴地往下掉。

濁酒濾清叫「釃」，《說文》卷六上有「涷」（ㄌㄧㄢˋ），瀐也（治絲也）。「瀐」，瀐也。「釃」、「涷」雙聲，《周禮·冬官》㡛氏講涷帛，有一種木頭叫「欄」，把欄弄成灰，把帛放在裏面，因涷帛的原因，所以木也叫「欄」。「釃」、「涷」是對轉的音。

〔醨〕：釃酒也。《玉篇》：「以孔下酒也。」凡是細流的水叫涓。「涓」，小流也，與過濾情形相同。「泫」（清寒的水流）與「涓」（小流）同義。「𧖘」，即「涓」，水小流也。「釃」、「醨」、「醨」實同。

〔醴〕：酒一宿熟也。「醪」（ㄌㄠˊ），汁滓酒也。醴、醪是一樣東西，全是濁酒。曹子建〈酒賦〉：「宜城醴醪，蒼梧縹清。」「縹清」是清酒。「宜城」，地名，濟南有宜城，襄陽也有宜城，此處指襄陽宜城。「蒼梧」，地名。「縹清」即竹葉青。「醴醪」即江米酒，今有「糈糟」，即江米酒，「糈」即醪。這種酒是水和酒各一半，古人在行禮時有「酌醴」，平時喝酒拿起杯子就喝，但酌醴不然，用「柶」來喝。「柶」，勺形，用勺舀著喝。

「醴」過濾之後叫「醴清」，這種酒不當酒喝，是作為飲料的，像今之喝茶。「一宿熟」指製造得很快。實際「醴醪」不是酒，用曲很少，用米多（少曲多米），這種酒是甜的，酒甜則次，以苦者為最好，所以甜的水叫「醴泉」。《漢書·楚元王傳》：「初，元王敬禮申公

等。穆生不嗜酒，常為穆生設醴。」「醴」所以音ㄌㄧˇ，是因為行禮時放在「豐」中的，故音ㄌㄧˇ，「豐」，行禮之器也。「豐」部有「艷」，爵之次弟也，此字是秩序的「秩」。「爵」，酒杯也，這是個會意字，「豐」是「爵」，「弟」是次弟，後來的爵位之「爵」是以擺的酒杯來表示官職的位置。

「蠡」（卷五上），蠡也。「瓢」，蠡也。「蠡」，本是蟲子在木中，實際就是「豐」，是最原始的酒杯。周時，斷瓠為瓢，「瓠」，音ㄏㄨˋ，即葫蘆。《詩·大雅·公劉》：「酌之用匏」，鄭箋：酌酒用瓢，可見「豐」是最古的飲器。最初是用蛤蜊，故後來豐字音ㄌㄧˇ。古人祭祀用「醴」，祭天用「太上玄酒」，即清水，不是酒，祭神時用「醴」，鄭眾《周禮》注：「醴」，猶體也。「醴」是樣子酒，不是真正的酒。

〔醪〕：古代叫「白醪」，白色，必須熱著喝。《漢書·文帝紀》：「為醪以靡穀者多」，故禁止。「餾」，飯氣蒸也。實際「醪」就是「酉」。

〔醇〕：不澆酒也。「澆」，對水。酒對水則不醇，則為薄酒，不對水的酒，則為醇酒，「飲醇酒，啖鰒魚」。古人形容人或風俗稱「醇厚」，風俗不醇厚稱「澆薄」。「醇」也有不染的意思，《說文》卷一〇下有「惇」，厚也。耐心地告訴稱「諄諄」，「諄」，告曉之孰也。按雙聲說，《說文》有「簹」（音dǔ，卷五下，厚也），「竺」（卷一三下，厚也），「篤」（卷一〇上）。

〔酎〕（音zhòu）：三重醇酒也，最好的酒叫酎。初造出的酒是濁酒，再醞釀一次，再一次為酎。《廣雅》：「酎」，三重釀酒也。「八月黍成可以酎酒」，這種酒造成後，君要「嘗酎」，《禮記·月令》：「孟秋天子飲酎。」《楚辭·招魂》：「挫糟凍飲，酎清涼些。」「凍」，用冰鎮也。

〔醠〕（音àng）：濁酒也。《周禮·天官·酒正》：「盎齊」（齊即劑），鄭玄注：「盎」，猶翁也，成而翁翁然。蔥白色今稱「酅白」。《釋名》：「翁」為「滃」，盎，翁，音近，義近。《說文》卷一一上「滃」（音wěng），雲氣起也。卷一一下「泱」（音yāng），滃也。都是浮起的意思，就是說這種酒上面浮著一層渣滓，這種酒要熱著喝。

「坱」，風塵，即天空飄著東西也。宋玉《風賦》：「滃然起於窮巷之間。」《說文》無「酅」字，有「醆」字，稱「白醆（ㄔㄨㄛ）」，即「白醆酒」，「白醆解冬寒」，是禦寒的酒。因此，盎有鼓起之義，《孟子·盡心上》：「盎於背。」

〔醹〕（ㄖㄨ）、〔醲〕（ㄋㄨㄥ）、〔醰〕（ㄖㄨㄥ）：三字義同。皆為卷一四下的字。

「醹」、「醲」，皆訓「厚酒也」。「醰」，酒也。《玉篇》「醰」作「酳」，音ㄦˇ，二者音無區別，念ㄦˇ亦可。「醹」從「需」得聲，《易·需卦象》曰：「需，君子以飲食宴樂。」

研究文字，必須讀《春秋》及《易經》，《春秋》用詞嚴格，《易經》詞的意義演變很大。「需」在《易經》中作美味、厚味解。《歸藏易》「需」作「溽」，厚味也。《禮記·儒行篇》：「其飲食不溽。」因此，《左傳》、《史記》、《漢書》中常有「蓐食」，如「秣馬蓐食」，厚味也，可見「需」、「溽」是一個聲音的兩個字。「茸」，《說文》卷一下「茸」（音róng）解為「草茸茸兒」，所以「茸」、「蓐」二字的意義相通。「醲」，從「農」得聲。從農得聲的，還有「濃」，露多也；「襛」，衣厚也，醲、濃、襛這三個詞是由一個語言來的，聲母相同，與「乳」意義也相通，奶汁也，《說文》「渾」，乳汁也，皆有濃厚之義，故可相通。

〔酤〕（音ㄍㄨ）：一宿酒也，一曰買酒也。此字有二義，原因是根據《詩經》來的。《詩·小雅·伐木》：「有酒湑我，無酒酤我。」

《毛傳》「湑」，茜（ㄙㄨㄛ）之也，「酤」，一宿酒。《說文》的二義是由《毛傳》來的，三家詩「酤」作「買酒」解，見《漢書・食貨志》，這是今文家的說法。

《毛傳》認為「湑」是經過過濾的酒，「酤」是還未成熟的酒（家中有酒時即把酒過濾，用細酒招待客人，沒酒時就用不成熟的酒招待）。《詩・大雅・行葦》：「酒醴維醹」，有人認為「酤」、「醴」是相同的，實際是不相同的，「醴」是一宿製成的江米酒。

「鹺」，鹽池，鹽地都是粗劣的地（「酤」，粗劣未熟的酒，義與「鹺」通）。《荀子・勸學篇》：「問楛者不告也，告楛者不問也。」「問楛」，不經過考慮而問。「楛」是假借，不細心考慮之義，即「酤」字。《禮記・檀弓》：「以為沽也。」就是意見還不成熟。《論語・鄉黨篇》：「沽酒市脯」，意思是買酒買肉。《說文》有專作「買」解的「夃」、「酤」，買也。《說文》「賈」（ㄍㄨ），賣也。

〔醶〕（音ㄌㄢˋ）：泛齊行酒也。《周禮・天官・酒正》有五齊，即五劑，第一劑叫「泛劑」。《周禮》注，「泛」就是浮著酒糟的酒，不是好酒。漢朝人稱浮在酒上的酒糟叫「浮蟻」，好像上面浮著螞蟻一樣。「行酒」是不好的酒，與醇酒相對待，《九章算數》：「醇酒一斗錢五十，行酒一斗錢十。」唐朝人管不好的酒叫「行貨」。「泛」引申訓為「廣泛」，「行」引申為「普通」。「行」在陸上行，「泛」在水中行，所以唐朝的「行貨」即普通貨。「氾濫」疊韻，泛也可訓濫，濫也可訓泛。「泛齊」，古人不當酒喝，而是當作飲料用，《內則》有四種飲料：漿、水、醷、濫。其餘四齊：醴齊；盎齊；緹齊；沈齊。

〔醶〕（音 gǎn）：酒味淫也。現在說的「醶茶」的「醶」，即此字。醶，酒味深長也，《玉篇》：「苦味酒也。」

「醇」（音ㄊㄢ），酒味苦也。酒味苦者是厚酒，實際就是

「甘」。「甘」,《說文》卷五上解為「美也」,從口含一,「一」道,「道」即「覃」。《說文》有三處從「覃」的字,云:「讀若三年導服之導。」古時穿孝三年,實際是二十七個月,期滿在換吉服時,有一個時間稱「導服」,即過渡期間也。「覃」即今味道之道,所以與甘也一樣。《說文》卷五上有「曆」(曆),和也,從麻,麻,調也,從甘,「調和」,原料也叫「調和」,也就是好吃的東西。《左傳‧桓公六年》:「嘉栗旨酒」,「栗」即「麻」,「麻階而升」,《儀禮》作「栗階」,「嘉栗」即好的「調和」酒,美食也。

〔酷〕(音ㄎㄨ):酒厚味也。詞義,最初「詞」不分褒、貶,即不分好的意思和壞的意思,《爾雅》:「美惡不嫌同辭」,之後,在一個詞裏有好、壞二義之分。

後漢張衡稱酒味厚為「酷烈」。「毒」,《說文》解為「厚也」,《易‧師‧象傳》有「聖人以此毒天下而民從之」。《老子‧五十一》:「亭之毒之」,亭,釋文別也。以上,「毒」都是好的意思。《易經》中「以毒天下」的「毒」為役使的意思。王弼注:「毒,猶役也。」《老子》中的「毒」或「亭毒」,是「養成」、「養育」之義。後來「毒」變為毒害之「毒」,有壞義。「酷」,原為酒味「濃」、「酷烈」,都是好的意思。後來變為殘酷之「酷」,有壞義。現代「酷」這個詞有時也當好的意思講,如「這個人很酷」,表示這個人在某方面很棒。

〔酺〕(ㄆㄛ,pò)、〔配〕、〔酏〕(音yì):皆酒色也。

〔配〕在古書中都用作「妃」,不用於酒色,「配」實際是「緋」(卷一三上),淺紅色。

〔酏〕:《說文》音yì酒色也。《玉篇》「酏」也有一個音「徒載切」(音dài),(按反切變例,凡是反切上字為全濁陽平送氣的聲母字與不送氣的去聲的反切下字相切,被切字則變為相應聲母的不送氣的

去聲字。）如「度」，徒故切；「大」徒蓋切（音代）。音也相通，皆在「德」部。「酨」，酒色稍發黑色也，在古書中用「弋」代替，《漢書·文帝紀》：「身衣弋綈。」「弋」，皂也，師古注「弋」，黑色也。由此可知酒色黑也。另外《爾雅·平釋天》：「太歲在壬曰玄黓。」《廣雅》講「黓」，黑色也，黓字《說文》無。《說文》「黑」部還有「黱」，即今之「黛」，音ㄉㄞˋ。「弋」和「縢」的音通，對轉音。《說文》「黱」，即今之「黛」（音ㄊㄥˊ）。凡是黑而發綠色者曰「黛」，《史記》「玄黓」作「橫艾」，由此可知「艾」也是一種顏色。「皬」，是白色，但也不是純白，是白而發青之色，如蔥白之色也。

「鳶」（音ㄩㄢ），紙鳶之鳶，鳶字《說文》無。《夏小正》叫「鳴弋」，不發ㄩㄢ的音。可見古音「鳶」為「弋」（一ˋ），是一種鳥。蒼頡解詁：「鳶」，鴟屬。「鴟」是蒼黑色，故知「鳶」也是蒼黑色，《史記》、《漢書》寫作「蔦」。《說文》中「戴」的籀文為「戴」，可知「鳶」古時讀「一ˋ」，亦讀「ㄉㄞˋ」，因為它常和「崔」連用，「鳶崔鳴弋」，後遂錯讀為「ㄩㄢ」。因此知道這種鳥在《呂氏春秋》中叫「戴任」，「戴任」即「戴勝」，雎也。

〔醆〕（音ㄓㄢˇ）：爵也，一曰酒濁而微清也。「醆」兩個意義有兩種根據。第一，《禮記·明堂位》：「爵，夏曰琖，殷曰斝，周曰爵。」「琖」，音ㄓㄢˇ，《說文》無此字，「斝」，音ㄐㄧㄚ。《詩·大雅·行葦》傳：「夏曰醆，殷曰斝，周曰爵。」《方言》作「盞」，桮也。這是《說文》的第一個根據。第二，酒濁而微清也，這是根據《禮記·禮運》：「醴醆在戶，粢醍在堂，澄酒在下。」這是五種酒。酒正的五齊中有「醴齊」、「緹齊」（醍作緹，是淺紅色），《說文》卷一三上「緹」，丹黃色；「紅」，赤白色。「粢」，音ㄗ，是米酒，淺紅色。「澄酒」，《周禮》稱為「沈齊」，酒糟沉於下，不是清酒。「醆」，也是一種酒，是濁而稍青（淡青色）的酒。「醆」，在〈明堂位〉中是

盛酒器,〈酒正〉說是一種酒,許慎把二義合在一起,二義是否相通呢?實際醆即「爵」字,《說文》卷五下有「𩰬」,上形象「雀」,「爵」就是「雀」,如「門外可設爵羅」,「爵羅」,綱也。青色的顏色叫「爵」,「爵弁」是青紅色。另外「爵」還有小的意思,「爵麥」即小麥。因此,小的盛酒器叫「醆」。

〔酌〕:盛酒行觴也。「行觴」,在宴會上進行喝酒。《禮記·投壺》:「命酌曰行觴」。在宴會時,把酒盛在盆中,主人拿酒杯先在酒中攪一遍,因為酒不純,攪一下使其勻也,這叫「濫觴」(「濫觴」以前作開始解),然後把觴盛滿酒敬客。「酌」,主要是盛滿之義,現在有「斟」,《說文》云:「酌,從酉,勺聲」,「酌」與「勺」是一個語言。平常說估計一下也叫「酌」,現在有「斟酌」、「酌量」,「酌」的聲音可以念成喉音。因「約」從「勺」聲,「約」與「酌」義近,「舀」和「酌」是一個語言,「挹」也是一個語言,《詩·大雅·泂酌》:「挹彼注茲。」

〔酌〕是在酒中舀,在水中亦同,故有擊水之義,《說文》卷一一上有「汋」,擊水聲也。「釣」亦同,釣是把魚釣出來,酌是把酒舀出來。

〔醮〕:冠婚禮祭。《儀禮》中有兩種用法,(1)士冠禮用「醮」,段注:「三加凡三醮」(非原話,大義),士冠禮,行禮時三加,一加緇布冠,然後給酒,加冠者飲,不回敬;二加皮弁;三加爵弁,每加一次皆給醮。(2)士婚禮,有六禮,新郎在迎親前,「父醮子」,並說「往迎爾相,繼我宗事」幾句話。在女方則「父醮女」,在迎者未來之前等待迎者。過去稱寡婦再嫁曰「再醮」。「醮」是「酒不酬酢曰醮」(即不回敬也),實際即「酌」字。

祭也曰醮,《楚辭》「醮太一」。

〔醊〕(音 jìn):歃酒也。古代兩個國家盟會時,要「歃血為

盟」，如《谷案傳・莊公二十七年》「歃血之盟」。盟會時殺牲，諸侯盟會殺牛，把血盛在盤中，雙方以嘴唇飲血，量極少。《說文》卷八下「歃」（音 shà），歠（音 chuò）也（歠，喝也，但與飲不同），「醋」、「歃」對轉，歠即今之「ㄕㄚ」嘴之「ㄕㄚ」義，與「飲」也相通，聲也相通。

　　〔酳〕（音 yìn）：少少飲也。經典中作「醋」（音 yìn），《儀禮・士虞禮》：「酳酒醋屍。」古人祭死者不是祭死人，而是祭活人，代替死者的人常是死者的嫡長孫。「醋」古文作「酳」，《說文》無「醋」字，《玉篇》認為「酳」、「醋」同字。古書中「酳」常錯成「酌」。「醋」是吃完飯後以酒漱口，《漢書・賈山傳》：「執爵而醋。」《經典釋文》：用酒叫醋，用水叫漱。《文選・七發》：「蘭英之酒，酌以滌口。」故說「少少飲也」。從勻得聲，「勻」就是少的意思，從勻得聲作少解的字很多，如「趉」（ㄑㄩㄥ），獨行也。《詩・唐風・杕杜》：「獨行踽踽」，《說文》卷二上「吮」，漱也。又有卷一一上「濬」，吮也。從「算」得聲的字多有小的意思，卷三下「籔」，小春也。卷二上「唪」，小飲也。另有「歠」，飲酒很少也。卷二上「啜」，嘗也。語言皆相同，《文選・七發》：「搏之不解，一啜而散。」

　　〔醻〕（醻）：獻醻，主人進客也。見於《詩・小雅・楚茨》：「獻醻交錯」，「醻」即今之「酬」字。但實際獻和醻是兩回事，主人濫觴之後盛酒給客人謂之「獻」，客人回敬主人杯叫「酢」（醋），然後主人再給客人一杯叫「醻」，以後才是相互飲酒。「獻」、「醻」是兩次敬客人的酒，這之後大家一起飲酒叫「旅」，亦曰「交錯」。

　　《詩・小雅・瓠葉》：「君子有酒，酌言醻之。」《毛傳》「醻」，道（導）飲也，即勸酒也。因此，《詩經》中「酬」字作「勸」解，實際是祝福，《詩・豳風・七月》：「為此春酒，以介眉壽」，導飲時說這兩句話，後來說醻酒叫「上壽」。古代祭祀有二義：

　　1　念始：一個人的身體及一切的得來念其先者。《禮記‧郊特牲》：「大報天」，這種祭祀叫「報」，由己推到祖先，祖先從哪裏來？是從天來的。「祭天配祖」，祭天時配祖。古時祭天有二：（1）圜丘：冬至在圜丘祭天，圜丘配祖后稷。（2）郊禘：春祭，配祖是「文武」。至漢朝圜丘和郊禘不分。

　　2　祈：為求福。「祈」、「報」二者是相對的。醻酒即為客人祝福，和「禱」同，「生事求福也」，故曰「祈禱」，「禱」、「醻」、「祝」（今為祝賀），實際祝即禱也。《說文》卷一上：「祝，祭主贊詞者。」「禱」、「醻」、「祝」古音相同。卷一上「禰」，祝禰也。「祝」、「禰」是一個語言，《玉篇》作「祝禰」，《素問》中有一種治病的方法叫「祝禰」，吃藥扎針都不行才用這種方法，即後來的「祝由科」，用畫符念咒等來治病。

　　在言部有幾個字也完全一樣，卷三上「訷」、「訓」、「譸」，也是求福的意思。「譸」為後來應酬之「酬」。

　　「祝」和「詛」最初沒分別，《詩‧大雅‧蕩》：「侯作侯祝，靡介靡究。」《毛傳》：「祝，詛也。」在當時詛還不是咒罵之義，到《左傳》時「詛」才變為咒罵之義，「祝」為好義。《左傳‧昭公二十年》：「雖其善祝，豈能勝億兆人之詛。」故秦國有「詛楚文」（咒罵楚國的文章）。示部有「禡」（音ㄇㄚˋ），禱牲馬祭也，即牲馬求福也。

　　〔醋〕：客酌主人也。《說文》以「酢」（cù）為油醋之「醋」，以「醋」為酬酢之「酢」。毛傳「酢」，報也，見《詩‧小雅‧瓠葉》。「醋」，古音在「魚」部，實際即「與」字，「與」，給人東西。「與」從「与」，「一」橫表拿起也（表推而與之之意）。「舉」從「與」得聲，對轉為「揚」。《說文》「舉」解為「對舉」。「揚」，《說文》訓「舉也」。《詩‧大雅‧江漢》：「對揚王休」，《詩‧周頌‧清廟》：「對越在天」，所以「揚」有相對之意，古人相對舉杯叫「揚」。「舉」，

《禮記・檀弓》中談到，杜蕢因當時有個國君死了，不喪，杜蕢入內洗觶，然後舉起，後來書中有「揚觶（音 zhì）謂之杜舉」，故稱「杜舉」。「觶」與「觚」都是酒器，「揚觚」就是「舉觚」。《方言》：「揚，雙也。」《詩・齊風・猗嗟》：「美目揚兮」，「揚」，雙目也。後來「揚」作美解，《左傳》有「不颺」，「颺」同「揚」，後來有成語「其貌不揚」。漢族人審美認為對稱才是美，而使屋中的擺設皆對稱。《說文》「麗」是兩個鹿一起走，故「揚」有對稱的意思。「觴」也有雙的意思，「行觴」，即相對飲酒。《楚辭》有「羽觴」，即互相飲酒，碰杯也，或交錯飲酒。

〔醊〕（音 mì）：飲酒俱盡也。即最後一杯，兩人對乾杯。從「必」得聲，「必」畢。《考工記》：「天子圭中必」，鄭玄注：讀若「縪」。「縪」（卷一三上，音 bì），車縪，即紡車，紡絲之車，因有輪子，故稱車。「縪」，即紡齒連接的繩子叫「縪」，故縪有約束之意，「約束」就有完畢之意。「縪」為最後一杯，飲即止也。

〔醮〕（音 jiào）：飲酒盡也。古代有一句話，見《禮記・曲禮》：「長者舉未醮，少者不敢飲。」所以說「醮」是一種喝酒的儀式。《說文》卷二上，「噍」（音 jiào）、「嚼」（吃東西）二字相同，一從「焦」聲，一從「爵」聲，可互換。另有「歠」（卷八下欠部），盡酒也，與「醮」同，重複，還有「潐」，盡也，「焦」、「肖」音同，故「消」，盡也，也相同。「消息」（相對待的詞），真正的「消息」的「息」是「熄」，《說文》卷一〇上「熄」，「畜火也」，即封上火。引申晚上叫「宵」，陽氣已盡也。古書上也有用「爵」代替「醮」的，見《說苑》中魏文侯的故事，飲酒時定出「觴政」（法則也），「飲不盡嚼」。

〔酣〕（音 hān）：酒樂也。很多書談到「酒酣」，即飲酒到最快樂的時候，就是飲到正合適，正滿足的時候。《說文》卷四下有「腦」

（hān），食肉不厭也。《說文》卷五上甘部還有「猒」（yàn），吃得很飽的意思。「醋」是從「甘」的語言來的，「甘」是吃得很美之意。

〔酖〕（音chèn）：樂酒也，即有喝酒的嗜好，沉湎於酒的習慣。古書中有「湛」（卷一一上，音zhàn）來代替「酖」的。《詩・小雅・鹿鳴》：「和樂且湛」，《詩・大雅・抑》：「荒湛於酒。」這是不好的行為。《左傳・閔公元年》：「宴安酖毒不可懷也。」故後來稱毒藥叫「酖」，毒藥酒及中酒毒叫「酖」，《左傳・莊公三十二年》：「使鍼季酖之。」此字與「媅」、「淫」、「甚」可以相通，有關。古「甚」與「淫」相通，《莊子・天下》：「沐甚雨」，「甚」就是「淫」。

〔醧〕（音yù）：私宴飲也（飲酒的制度）。《詩・小雅》有三處講到，《詩經》中又稱「燕私」。（1）《詩・小雅・楚茨》：「諸父兄弟，備言燕私。」這首詩說明在隆重的祭祀之後，舉行宴私。（2）《詩・小雅・湛露》：「湛湛露斯，匪陽不晞。厭厭夜飲，不醉無歸。」此詩說明了宴私時刻的情況，《毛傳》解釋宴私是「夜飲」，是私宴的飲酒。（3）《詩・小雅・常棣》：「儐爾籩豆，飲酒之飫。」《韓詩》「儐」作「賓」，「飫」作「醧」，「儐」是排列起來，「飫」是私宴也。故知此種飲酒的專名叫「醧」。

「飫」（卷五下，音yù），燕食也（安逸之私家飲宴）。實際「醧」與「飫」義同，因偏旁不同而分為二部。這種飲酒的具體儀式是：《毛傳》：「飫」，下脫屨陞堂謂之飫。在堂下脫屨而後陞堂。《禮記・王制》疏：「燕禮比說（說即脫也）屨。」《禮記・少儀》：「凡祭於室中，堂上無跣，燕則有之。」祭時立著，不脫鞋，但燕飲要脫鞋。「無跣」，即無光腳者。《國語・周語》：「禘郊之事則有全烝，王公立飫則有房烝。」「禘郊」，祭天也。「禘」有三種。「禘」，祭天，「郊」也是祭天。「禘」是在圜丘（丘陵），「郊」是在南郊（平地）。二者地點不同。圜丘是在冬至，是祭農事，「郊」是在正月，是祭

天。房烝，是半個；全烝，是整個的；殽烝，是切碎的。「烝」是祭祀時進的東西。《左傳・襄公二十六年》：「加膳則飫賜。」「飫」，最豐富也。《詩・小雅・角攻》：「如食宜饇」，《毛傳》：「饇，飽也。」兩個意義同。還有「饒」，《說文》卷五下：「饒，飽也。」豐富也叫「饒」。「沃」、「澆」（卷一一上）古是一個字，古人說「沃」也是「澆」，《左傳・僖公二十三年》：「奉匜沃盥。」「匜」，盛水器也。

 ←匜

「盥」與「灌」音同義同。古人洗手是澆，下用盆接著，上面用匜（音移）盛水，洗後年長者用巾擦手，年少者甩乾。《說文》卷三下「猒」、「毁」（夠），都是「飽」的意思。《史記・伯夷傳》「糟糠不厭」，《說文》卷九下：「厭，笮也（壓得很緊，塞得很緊）。」所以「壓」上從「厭」。吃飽就是塞得多，所以有「厭倦」之意，「厭憎」也是由飽來的，後來又造「饜」，也是吃飽的意思。

〔醵〕（音 jué 或 jù）：會飲酒也。這是一種飲酒的制度。在晚周時，大家集會在一起，共同出錢在一起吃喝。《禮記・禮器》：「周禮其猶醵與。」到漢代還有這種禮節，即沒有祭祀的時候，大家「進醵飲食」。新中國成立前幾個人合在一起吃飯的，叫作「飲局」，「局」即「醵」，「旅」是大家在一起，意義也相同。「醵」或作「醵」。

〔酺〕：王德布大飲酒也。天子恩德廣佈天下，天下皆大飲酒也。這個字是根據漢朝制度解釋的，也是一種飲酒的制度。在漢律中規定，三人以上無故飲酒，要給予懲罰。在漢文帝祭祀時，有一個條文，叫「布日」，是當時國家有了祥瑞，宣佈大家可集合在一起飲酒，時間可以長達五天。古代與漢代不同，《說文》中有些並不是很古的字，如「鄯」，是漢朝的字，古時沒有。但「酺」這個詞古代就有，如《周禮・地官・族師》：「春秋祭酺。」古代「酺」是一種乾

肉。按《周禮》解釋,「醢」即是「脯」。「脯」與「膴」(無骨肉),兩者亦相同。「膊」,薄脯,晾乾的肉。脯、膴、膊皆與漢義古義不一樣,已不是原來的詞了。「醢」是漢朝新興的詞。

〔醅〕(音pēi):醉飽也。按《說文》「醅」實際就是「飽」字,飽是肚子裏充滿東西,所以從「包」(懷孕也)。飽與胚也有關,「畐」(卷五下)也相通,穀實豐滿也。「富」,也是豐滿之意。「腹」也是充實的厚肉。另外與「庖」(卷九下,音páo)有關,「庖」是各種菜全有,《周禮》「庖」作「苞苴」,是用葦子包裹魚肉也,這是古時的意義。「醅」漢時解釋不同,把在缸裏醞釀好的酒叫「醅」。

〔醉〕:卒也,卒其度量不至於亂也。一曰潰也。會意字,從酉從卒。喝酒喝完叫醉。這個字反映出在造字時就有聲音的通借。「卒」根本沒有完的意思。本是兵卒之卒,沒有「終了」的意思。《說文》卷四下有「殔」(ㄘㄨㄟˋ),大夫死。「殔」與「卒」過去沒有關係。卷二上口部「咸」,從「戌」。「戌」,悉也。「咸」是兩口合在一起也,即今之「接吻」也。《易經》有「咸頰」,所以和「含」也一樣。從戌,並不是戌意。故又說:「戌,悉也。」「悉」就是完全相合(會意字這種現象較多)。「潰」(卷一一),漏也,喝得亂七八糟。潰,亂也。

〔醺〕(音xūn):醉也,從酉熏聲,《詩·大雅·鳧鷖》曰:「公尸來燕醺醺。」現在還說「醉醺醺」。現在的毛詩是「公尸來止醺醺」,《毛傳》也不同。現在「醺醺」表示和說(悅)也。所引詩是指祭祀祖先,「尸」是裝扮祖先的人。

1 醺作「醉」解,就是喝得耳熱,皮膚髮熱,不是醉得很厲害。「熏」(卷一下中部),火熱熏(酒熱醺人故加「酉」)。「熏」,火煙上出也。從中,從黑。中黑,熏黑也。二者全有熱的意思。

2 古代說「熱」與今意義不同,古代是溫暖之意,《說文》:

「熱，溫也。」因為溫暖故又與和緩略同。《莊子・天下篇》:「薰然慈仁。」這個「薰」與前邊「醺」、「熏」兩個字相同。

「熏」與「昷」也相通，音也同。《說文》卷五上:「昷，仁也。」

3 喝酒喝到耳熱時，人的面色呈赤黃色，所以《說文》卷一三上中有「纁」，淺絳也（即赤黃色）。

《詩經》裏常用「芸」字來代替「纁」字，如「芸其黃矣」。「芸」是黃盛（即赤黃）色。

「權」，《說文》作「黃華木」解。這種黃是赤黃，《爾雅》中也解釋「權」，郭璞注:「今謂牛芸草為黃花。」（草木名常加一牛字，是表示大的意思）與其聲音對轉的有「橘」（與「熏」、「纁」、「醺」對轉，與「權」也對轉），橘是赤黃色。

〔醟〕（音 yòng）: 酗（音 xù）也。「酗」，「醉醟也」。《漢書・敘傳》:「中山淫醟。」酗，在古書中全寫成「酌」，《漢書》也如此，只有《說文》作「酗」，三體石經作「𨠻」、「𨢍」，我們認為還應是「酌」。「醟」、「酗」和「酖」相通。

〔酲〕（音 chéng）: 病酒也，一曰醉而覺也。這兩個意義是相通的，喝醉之後再醒過來是很難受的，如《詩・小雅・節南山》:「憂心如酲。」「酲」字現在已不存在。《說文》無「醒」字，只見於新附，實際「酲」即古「醒」字。到《字林》才有「醒」字，解釋為「酒解也」。「醒」主要是醉而醒覺之意。「酲」、「醒」與「寤」同，「寤」（卷七下），寐而覺，現在全叫「醒」。後來常用「蘇」字來代替，《左傳・宣公八年》:「殺諸絳市六日而蘇。」睡而醒叫蘇，死而復生也叫蘇，現代漢語的詞為「蘇醒」。中國曆法有「朔、望」。「朔」，一曰月復蘇，朔與醒聲音也一樣。《釋名》:「朔，蘇也，月死復蘇也。」因此，朔也等於醒。醒後有快樂的感覺，故醒後感到快樂。《鹽鐵論》:「今大夫色少寬，面文學而蘇也。」故「蘇」亦有快樂之意。

〔醫〕：治病工也，殹，惡姿也。醫之性然得酒而使，從酉。王育說：一曰殹，病聲，酒所以治也。《周禮》有醫酒，古者巫彭初作醫。

王育，後漢章帝時人，注過《史籀篇》。《周禮・冬官》：世代相傳的職業叫「工」。《禮記・曲禮》：「醫不三世，不服其藥。」《周禮・天官・冢宰下》中有醫師、獸醫、外科等。王育說「醫」這個字是會意字。殹，惡姿也，姿態很難看。得酒而使，古代醫學講「君、臣、佐、使」，「君」是主體，臣是旁體，「使」是指這種得酒後而化合然後才能起到佐使的作用。因此可以證明，「醫」和「藥」完全相同，現在醫與藥連說是指互相調配的意思。漢語的「藥」是指能互相配合，治病的叫「藥」，調合五味的也叫「藥」，所以有調合之意。《七發》：「芍藥之醬」，「芍藥」不是花名，是指和藥也。漢司馬相如《子虛賦》：「芍藥之和」，漢揚雄《蜀都賦》：「芍藥之羹。」後漢張衡《南都賦》：「歸雁鴻鵠，香稻鮮魚，以為芍藥。」韋昭的《漢書注》說：「芍藥和齊（劑）鹹酸美味也。」因此把治病的各種草調和也叫「藥」，調和五味也叫「藥」。「藥」從「樂」得聲，音樂有調和之意。

「療」（卷七下，有寫作「療」的），治也，也是調理之意，療饑。把東西弄得有條理叫「撩」。「撩」（卷一二上），理也。「橑」（卷六上），橑子，因為它擺得很整齊。「轑」（卷一四上，音 lǎo），車的蓋弓，它也有條理。「理」，治玉叫「理」，「療」、「理」是一個語言。

一曰醫病聲，酒所以治病也。「殹」，王育作惡姿解，又作病聲，《說文》卷一二下匸部：「殹，擊中聲。」「癌」卷七下，音 ài，劇聲，劇聲就是劇痛之聲。擊中聲是被擊中者的痛苦聲，因此就有惡姿的意思，很痛苦就有惡姿出現。《說文》有「嫛婗」，惡姿也。

《周禮・天官・酒正》有醫酒。酒有四種：（1）清，（2）醫，（3）漿，（4）酏。「清」，凡是過濾過的東西叫「清」，《禮記・內則

篇》醫為醸，是沒有過濾的酒，所以《說文》說：「周禮有醫酒。」

〔茜〕（音 sù）：禮，祭束茅，加於裸圭而灌鬯酒是為茜，象神歆之也（禮祭，就是將捆好的茅草立在祭場將祭器圭瓚加在茅草上，並灌上酒；酒滲下去，就像神喝了一樣）。一曰茜、榼上塞也。從酉從艸，《春秋傳》曰：「爾貢包茅不入，王祭不共，無以茜酒。」這個祭祀主要是祭祖先，祭祀的大節有三步：（1）降神，（2）歆神，（3）薦享。

祭天時降神全是用音樂，郊、禘是祭天，但郊和禘的音樂不同，祭祖先的音樂又不同。「歆」，神食氣。祭天和祭祖先不同，祭天用「禋」，其祭以煙，煙氣上陞，柴燎。祭祖先是祭鬼，用「禋」。在祭祀時，束茅，加於「裸圭」、「瑒圭」，尺二寸有瓚，「裸圭」又叫「瑒」，「瓚」是舀酒的杓。

《詩·大雅·旱麓》：「瑟彼玉瓚，黃流在中。」用勺把酒倒在束茅上，酒滲入束茅的過程就叫「茜」（往裏滲之意）。《周禮·天官·甸師》：「祭祀共蕭茅」，鄭大夫注，「蕭」或為「茜」，茜讀為「縮」。沃酒其上，鄭玄說「茜」就是「沴（卷一一上，音 jǐ）酒也」，就是把酒過濾一下，「醑」、「湑」，茜也，就是濾酒。

一曰榼上塞。「榼」（卷六上，音 kē）是一種盛酒的壺，「塞」是上面加布過濾，塞是濾酒的東西。

〔醨〕：薄酒也，讀若離。《楚辭·漁父》：「鋪其糟而歠其醨。」「醨」是最壞的酒；「醇」是最好的酒，味集中也。醨有離散之意，酒味不醇。「醨」（音 lí），離散之離；「縭」，以絲介履也，是隔離之離；「誃」（卷三上，音 chí），離別也，由薄酒引申到離散之離。

「醨」的語根「鹵」（卷一二上，音 lǔ），二字雙聲，《說文》解

釋「鹵」，西方鹹地也，是指沒有開發的地，沒整治的地。「鹵」就是沒治理過的地。說人不細緻、沒受過訓練叫「鹵莽」。「醶」是沒煉製的酒，有雜味。

〔釅〕（音 chǎn）：酢也。「酢」即今之「醋」字。「酸」，酢也。「酨」（音 zài），酢漿也。「醶」（音 yàn），酢漿也。四字完全相通，聲音也有關。

古代的醋是用敗酒製的，所以酢從酉。

「釅」，《廣韻》作醋味解。現在的「酸」就是醋味，保存下來的字就是「釅、酸」。《尚書・洪範》：「曲直作酸。」據周禮：「瘍醫凡藥以酸養骨。」骨頭麯後用酸醫治，由此可知古人治病的藥最初是飲食。「酢」本是飲食的東西，「酸、釅」都是刺激性的東西，人受刺激也用酸來形容，如「寒心酸鼻」。吃東西之後可能出現「酸心」。《說文》還有：「濇」（卷一一上，音 sè），不滑也（即酸）。「澀」，不滑也。「酸、濇」古時相通，食物有刺激就好吃，《楚辭・招魂》：「和酸若苦，陳吳羹些。」雖有酸苦但好吃。

〔酨〕（音 dài）、〔醶〕（音 yàn）：古代的醋，和醬是一樣的，最初的醋（醬）是用梅做的，是一種梅醬，現在的醋是古人的醋漿。

「酨」，漢朝人有酨，是帶米粒的醋，米做的。

「醶」（小徐本音「淺」）是老醋陳醋。葛洪（晉朝人）有治牙痛方，用「多年醶醋」，用醋治牙疼。有人認為「醶」與「釅」相同，就是濃的醋。

〔酢〕（音 cù）：醶也。就是現在的「醋」字。古時「酢」、「醋」不同，「乍」、「昔」聲音相同的很多，這個語言是從「昔」來的，「昔」，本是乾肉、臘肉。

「胙」與酢同聲，《說文》卷四下：「胙」「祭福肉也。」《周禮・春官・大宗伯》：「以脤膰就兄弟之國。」祭祀之後的肉是最吉祥的，

可以送禮，因為「脤」、「膰」全是乾肉，所以才能送禮送到兄弟之國。

「胙」是經過長時間的肉，「酢」是經長時期醞釀的醋。「酢」是先把原料弄乾，如米，先把米晾乾。《說文》有「菹」（卷一下，音zū），酢菜，是先把菜晾乾，然後抹上酸醬，再幹，所以「胙」、「酢」是相關的。

「酸」是有刺激性的，傷心也用酸來形容。《說文》卷二下「齭」（音 chǔ），齒傷酢也，即牙酸。「齭」與「酢」也有關。「齭」常用「楚」代替，常說的如「痛楚」，「楚」從「疋」得聲。「敊」，《說文》卷八下欠部有「敊」，（音 jiào）所歌也（「敊所，歌也。」句如此斷），是一種悲痛的歌。古時人常說：「敊楚」，悲痛也。（注：《說文》穴部有「窔」字，這裏的寫為「敊」，而不寫為歒是因為從欠，嗷省聲。）

〔醳〕：音亦，黍酒也，從酉也聲，一曰甜也，賈侍中說醳為粥清。

1　《禮記‧內則篇》有「黍醳」，是用黍做的酒。《周禮》注：「釀粥為醴。」《周禮》中認為「醳」與「醴」不同。《周禮‧天官‧酒正》注：「凡醴濁，釀醴為醳則少清也。」濁謂之醴。「少清」（不完全清）謂之醳。《呂氏春秋‧重己》：「其為飲食醳醴也。」「醳醴」常連用。

2　「醳」，甜也，醴甜。「鬻清」不是酒。

《禮記‧內則篇》有「饘醳」，注曰：「饘」（卷五下，音 zhān）是厚粥，「醳」是薄粥。《說文》：「饘，糜也（解為粥）。」「厚粥」中有米有油有肉。「饘」有四種寫法，「鬻」、「飦」、「餰」、「鍵」，全音「zhān」。「鬻請」是醳，不葷的、帶有米湯的，就是米湯。

3　《周禮》中有「醳」食，鄭司農注：「醳食以酒醳為餅。」注：「若今起膠餅。」「膠」即「酵」，《宋書》叫「起麵餅」，即發麵

的餅子也，用它來發麵。

〔醬〕：鹽（音 gǔ）也。「鹽」，今本從「古」是不對的，古本從「右」，為「醢」（音 hǎi）。

《周禮・天官・膳夫》注：「醬謂醯（xí）醢也。」「醯」（卷五上）是真正的酢，「醬」是醯醢的總名，「醢」是以肉為主的醬。《禮記・檀弓》中記載：子路被捉之後，抓人的把子路「醢」了。醢，肉醬。孔子聽說這事，終生不再吃「醢」，並把所有的醢倒掉。周時，「醢」還有專名：「醓醢」。《說文》卷五下有「醓」（音 tǎn）（在血部不在皿部）。《禮記》有「醓醢」，牛肉乾加粱、籭、鹽、酒而做成，豬肉也可以做。《說文》還有「肶」，肉汁滓也。還有魚醢。

古時稱醢的時候叫「醢醬」，用肉作的醬，凡是煮雞煮鱉時用醢醬。「醯」是酢醬，古人吃魚等時，云：「並切蔥若韭（「若韭」即「與韭」）實諸醯以柔之。」為的是殺腥。古書中也稱「醢醬」，是用醢和上醬製成，吃豚的時候用。

黃侃說：「醬、菹、𤎤，實一物也。」「醬」、「菹」不但雙聲而且是對轉。《說文》「菹」作「蔖」，醢也。《周禮》講做醢的方法就是做菹的方法。「作醢及臡（膩）者，乃先膊乾其肉，後莝之，雜以粱麴及鹽，滲以美酒，塗置甀中，百日則成矣。」「膊」，切成片也。「臡」（膩，卷四下，音 ní），有骨醢也。「莝」，細切。「甀」，小口甕也，《說文》無此字。由此可知「醬」、「菹」、「酢」的語言是由「昔」來的，「菹」也是乾肉，《說文》卷四下「胥」（音 xū），蟹醬也。「醬」、「菹」、「胥」語言也相同。

「咀」，含味也。因為是乾肉，必須含味才能吃。羹就用不著含味。「菹」、「昔」另外孳生出「蠚」（chā），蠅胆也。「胆」，蠅乳肉中也，也是「蛆」。作「醬」、「菹」時生蛆，所以也給了它這個名稱。

〔酴〕（音 tú）：酴醯，榆醬也。用榆樹子仁作的醬。「酴醯」，現

在不可知其解。

　　〔酹〕（音 lèi）：餟酒也。漢以前無此字，最早見於漢書。《漢書・外戚傳》：「飲酒酹地。」喝酒之前先把第一杯酒倒在地上，《三國志・魏志・武帝紀》：「不以斗酒只雞，過相沃酹。」倒在地上表示祭祀。「餟」，是在吃肉時先將第一塊肉丟在地上。漢代始有這個風俗，古人無。

　　「醸」（音 bì），「擣榆醬也」。這就是搗碎榆子仁而作成的醬。

　　「醨」，醬也。這也是一種醬的名稱。

　　〔醇〕：雜味也。經典中有「涼」。《周禮・天官・冢宰下》中有六飲，即水、漿、醴、涼、醫、酏。其中有一種叫「涼」。「醇」有二解：（1）以水和酒。（2）認為這根本不是酒，是「以糗飯和水也」。「糗」（音 qiǔ），是把米用水泡過，然後再炒熟，「飯」是米和水蒸熟，和現在一樣。「糗」、「飯」二者不同，但都是「和水」，這種方法叫「醇」。加入水故有「雜味」。凡純的訓厚，凡醇（涼）訓薄，《詩經》有「職涼」，《左傳・莊公三十二年》：「虢多涼德。」薄與雜有關，凡雜的東西就薄，不厚。因薄，故又訓「寒」，《詩・邶風・北風》：「北風其涼。」「涼」，微寒也。《說文》無「涼」字，有「䣼」字，（卷八下音亮）《爾雅》解釋為「䣼，薄也」。「䣼」，牻（音 páng）牛（雜毛牛）。

　　這個語言也是由「鹵」來的，「鹵」是不精鍊、不純也。

　　「醷」、「儲」全闕。

# 第四節　酉部、戌部、亥部的字及與之相關聯的字

　　〔酋〕（音 qiú）：繹酒也，從酉水半見於上，禮有「大酋」，掌酒官也。

「繹」（卷一三上，音 yì），一般作繼續、連續解。造酒從開始到造成要經過一段時間，要有一段過程，故稱造酒叫「繹酒」。「醳」，造酒。

《說文》「多」，重也。從重夕，夕者相繹也。《說文》證明「夕」和「繹」是一個語言，「多」是時間的連續。《周禮・天官・臘人》注：「臘之言夕也。」臘與夕語言也通。因此，「繹」、「夕」、「臘」音通，義通，都說明一個長時間。

《周禮・天官・酒正》講到三種酒，三種酒在時間上是有差別的，「事酒」是臨事而製的酒；「昔酒」是較長時間製成的酒；「清酒」是最長時間釀造的酒。「酋」是整個造酒的過程。《國語・鄭語》：「毒之酋臘者，其殺也茲速。」「毒」，厚也。「酋」、「臘」都指製作過程。實際「酋」就是「酒」字（厚於酋臘的人，其殺也就快）。「酋臘」：精熟，極也。「殺」：《爾雅・釋詁》：「古也」，勝也，也有完成之意。這句話的意思是：厚於（善於）製造精熟之酒的人，他完成造酒的速度也是如此之精熟快捷。

《方言》：「酋，熟也，久熟曰酋。」「酋」在《詩經》裏作「終」解。《詩・大雅・卷阿》：「似先公酋矣。」《毛傳》：「酋，終也。」「酋」有成熟之意，故訓「終」。《說文》卷八上「傮」（音 zāo），終也。酋、傮是一個語言，「酋」有久長之意。

東西經過長時間就會腐爛，故「老」訓「朽」，「老」、「朽」是一個語言，酒、酋、老也是一個語言，所以與「朽」也是一個語言。「朽」原指動物，後用於木。「老考」可變成「老朽」。

「庮」，久屋朽木也（見《說文》）。老、久全可訓「朽」。《廣雅》「殠」，臭也。東西老朽之後就有氣味。《周禮・天官・內饔》：「牛夜鳴則庮。」（指牛夜鳴則肉有味不好吃）鄭司農說牛夜鳴肉有朽木味。

由上又可知，與「臭」也有關，從犬，犬專聞騷味。「自」，鼻也。「殠腐」。草的味有「蕕」，水邊草也（臭艸）。《左傳．僖公四年》：「一薰一蕕」。鄭玄引《左傳》作「一薰一莤」。

《禮記．月令》有官名「大酋」，掌酒的官。「酋」雙訓為「長」（cháng）、「長」（zhǎng）。「酋長」，部落的長者、頭目；「酋矛」，長矛也。

〔酋〕：酒器也。盛酒之器，引《周禮》六尊。

1 犧尊：有不同的兩種說法，講經典的人讀為「suōzōng」。

「犧」，不作牛解。《左傳》有三犧，漢朝人認為是雉、鶩、雞。《莊子》：「雄雞自憚其為犧。」犧是點翠。明帝時發現一個古器物，一個尊，為牛形。

2 象尊：用象。

3 著尊：無足。「足」，古叫「當」。《韓非子．外儲說右上》：「玉卮無當。」漢瓦叫「瓦當」。《說文》有《瓜當》。

4 壺尊。

5 太尊：瓦尊，是最古的尊。

6 山尊。

最古的尊是瓦器，《說文》有「甾」（zi），東楚名缶曰甾。「尊」、「擊」是雙聲，「甑」（卷一二下，音 zèng），甗也（「䰝」，重文）。「䰛」，這些語言相同。

「䔿」（音 zūn），或從「寸」，作「尊」。酒官法度也（《爾雅》引《說文》，今本無）。凡是行禮、祭祀時、招待賓客時用尊，平時飲酒不用尊，用「椑」（卷六上，音 pí，榼也）。《後漢書》：「美酒一椑。」

由這兩種酒器引申為「尊」（敬）、「卑」（視）。《廣雅》：「尊，敬也，事也。」凡是尊敬，必約束自己，然後才能尊敬。《說文》卷四

下有「戩」（音 zǔn），減也。《禮記·曲禮》：「君子以恭敬撙節退讓行禮。」

〔戌〕：滅也，從戊含一。

戌，本是酋矛之矛。矛傷物也，故有殺的意思。

「戌削」，《史記》中是連綿詞，表示衣服上的刻絲。古代衣服的做法有三種：（1）刻絲，就是抽花。（2）用顏色畫。（3）繡花紋。

「戌削」，表示衣服用刀刻，殺人叫「戌削」，又作「斜裁」解，故戌削有「殺」的意思。

「劌」（卷四下，音 guì），利傷也。「歲」從「戌」聲。

「威」（音 xuè），用火消滅。「滅」，用水消滅。

「淬」（卷一一下，音 cuì），滅火器也。「焠」（卷一〇上，音 cuì），堅刀刃也，把兵刃弄堅固。《史記·天官書》：「火與水合曰焠。」宋朝時的「焠」字是指火柴、取燈，與此意不同。

〔亥〕：荄也。《左傳·襄公三十年》：「亥有二首六身。」𫘤，古文亥，亥為豕，與豕同。「亥」，象裹子咳咳之形。

「荄」（卷一下，音 gāi），草木之根，俗呼韭根為荄（見《爾雅·釋草》）。《說文》：草根也。《易經》：「明夷」。六五，「箕子之明夷」。「明夷」，快明而未明（平明）。漢人認為這個卦辭不是周公作的，很早就有。劉向認為是「荄滋之明矣」，是草根正在長尚未長出，天快明而未明。漢朝人認為「箕子」是「荄滋」，因此說明「亥」是尚未生出，如草根。故說「象裹子咳咳之形」。「𡕢」是懷子形很清楚。從二人，有人說懷孩子叫「懷子」，抱孩子也叫「懷子」。「亥」有人說就是古文「孩」。「咳」是小孩笑。《文始》中說：「亥」是「陔」，臺階也。

《詩·邶風·終風》：「終風且暴。」《詩·邶風·北門》：「終窶且貧。」「終」，王念孫解為「既」。

「穆」（卷七上），即有條理也。「遹」（卷二下，音 yù），鳥飛旋轉。

「簠」（卷五上，音 fǔ），由出土之銅器看是方形，從音來說「甫」、「方」同聲。《說文》：「簠」，「黍稷圓器也。」《周禮・地官・舍人》鄭注：方曰簠，圓曰簋，容庚說：「今證之古器，侈口而長方。又銘辭云：『用盛稻粱。』鄭說是也。」

「簋」（卷五上，音 guǐ），由銅器看是圓形。《說文》：「簋」，「黍稷方器也」，非。

「𣪘」（敦），《說文》音「堆」（或音 dūn）。「敦」，《說文》：「怒也，詆也，一曰誰何也。」都是責斥之義，這是敦的本義。杜預注：厚也。另，惇，厚也，蓋敦為惇之假借。「㝏」：即「文」字。𥁋：庸。

「攟摭」，冤集也。「熒眩」，發量也。

「楚金」，即徐鍇（小徐）也。

「擂」，抽出也。「矜」，愛也。「式」，尊也。

「徵」，證據。「泐」，爛的。

「繹」（卷一三上，音 yì），把絲的頭理出，與前文解釋不同，要注意上下文之文意，要隨文釋義。

「若膺」，即段玉裁。「前修」，即古學者。

「𢎸」（氏），銅器中有寫成「𢎨」的，象人提物，大概是「氏」。肥草作一橫，即今之「氏」。

「扶胥」，原是說花葉齊放的意思，此為排列出來之意。

「轉注」，照太炎先生說，即「一個語根」分化出多少字就是「轉注」。

「成均」（唱歌，詩的押韻），此指語音。

「字乳生民，便民利俗之學」（太炎先生說）。

初文不一定是最早的，最早的甲骨「从」，即從；「𢆶」亦為

從。一字有兩種寫法。西周沒「才」字，有「比」字。

🐦，甲骨文「鳳」。「丿」，音 fù。「乀」，音 bì。「ㄚ」，即「又」，象長把大剪子。「刈」，音 yì。

甲骨文中形聲字很多，會意字倒很少，直到小篆時，會意字還很少。「鴈」，音 yàn，即「鵝」。「鵝」、「鴈」，二者是一物，是不同的兩種方言。

周時，「鼠」、「雀」（家雀）同聲。

「絳」，大赤。包括二意：「大」和「赤」。「輻」，小車。

《呂氏春秋·圜道》：「圜周復襍」，注「襍」猶「匝」（襍即雜（杂）字）。

到漢代一直認為日為內，月為外。「邇」，近也。震為雷，坎是水漥。

「常」即「裳」。

凡帶「者」字的都與「多」、「厚」有關。「沾沾」，自喜也。

黃承古著「夢該堂為集」。「簿書」，帳本也。

「囟」，音 tiǎn，讀「沾」。「導」，音 dǎn。章太炎先生認為「囟」是「舌」形，這是不對的。實際是蓆形。

「嚢」，音 néng。《說文》取「囟」聲，這是不對的。

「丨」，指事，「進退書也」，就是往上畫或往下畫。

「彝」，是象形字。「🐦」這是銅器之「彝」字，根本不從「幺」聲象一人手執豬上供，豬蹄被縛。

「豕」，實際「亥」與「豕」相同。

《呂氏春秋·察傳》說子夏到晉國去，路過衛國，發現衛國有一人讀史，說「晉師三豕渡河。」「三」與「己」相似，「己」（己）。「豕」就是「亥」。子夏對這句話有疑問，到晉國一問，是「晉師己亥渡河」。

「亥」這個形體有二意：（1）是古「孩」字，（2）與「豕」同。《積古齋》「亥」為「豕」；「豕」為對稱形，有變化。「豕」、「亥」標誌兩個不同的語言，這兩個語言是有關係的。

「豕」，生殖力大，生子多，故標誌生孩子。古書中常用「豕」來諷刺亂搞男女關係的。《易經》有「羸豕」，求子豬也。《左傳・定公・十四年》衛靈公為了夫人南子而召見宋公子朝。南子與公子朝私通。衛太子蒯聵有事路過宋國效外，聽野人歌之曰：「既定爾婁豬，盍歸吾艾豭」，杜預注：「婁豬，求子豬，以喻南子。艾豭（jiā）喻宋朝。」歌辭的意思是，「既然滿足了你們的母豬，何不歸還我們年輕漂亮的子豬？」用以上歌辭諷刺南子。「婁豬」就是「羸豕」。「瓜婁」也叫「果羸」。

「豰」，《爾雅・釋獸》解為「豬四足皆白者叫豰」。

《左傳・襄公・三十年》：「有與疑年，使之年，曰：『臣小人也，不知紀年。臣生之歲，正月甲子朔，四百有四十五甲子矣，其季子今三之一也。』……史趙曰：『亥有二首六身，下二如身，是其日數也。』士文伯曰：『然則二萬六千六百有六旬也。』」（這是在晉國築城時，有一個人年歲很老了，有人問他年齡，他就講了這段話）

有人認為宋朝才有算草，宋元有 𝖨、𝖨𝖨、𝖨𝖨𝖨、𝖨𝖨𝖨𝖨、Ｘ、丅、亖、亖、亖（也可以寫作 ⊥、⊥、⊥、⊥，反正書寫都可以）。實際古時，射禮有記籌。《史記》中張良發明「八難」，是以案上的筷子來算，用四支筷子算出八難。算術符號的形體來源很古。

# 附錄

## 一 《說文解字》輔導筆記

　　《說文》是根據經典著作、各種文獻，以及漢代的有關語言材料總匯寫成的，是一部很完備的工具書，歷代的人都很重視它，要研究鐘鼎文也需要先從《說文》入手。

　　「段注」是講《說文》最好的本子，閱讀時要隨看隨點句讀，不要求馬上理解，主要是通覽一遍。

　　清代研究《說文》的有五家：（1）段玉裁的《說文解字注》。（2）桂馥的《說文解字義證》，收集的材料很多。（3）王筠的《說文句讀》。《句讀》對《說文》的訓詁、說解應如何斷句，談得很好。《說文》原形，如「龕，齋，諷戒，絜也」。後來改印《說文》，把第一個「齋」字去掉，接著又把第二個「齋」也去掉了，成為現在的「戒絜也」。「戒」應該與篆文一起念，斷句。𡆥：交脛也。「交」是去而未盡的字。（4）朱駿聲的《說文通訓定聲》，用古韻系統把聲母排列出來。這部書主要講轉注、假借。他的轉注是引申意義，他的假借是借音，同音代替，材料完全根據《經籍纂詁》。但《經籍纂詁》錯的他也錯，對的他也對。《說文通訓定聲》是一部工具書，沒念過《說文》的人可查這部書。（5）章太炎的《文始》。

　　研究《說文》的方法：首先，得把文和字分出來，在書中凡是「文」都給它作個記號。畫出之後，先研究文，看它的結構與意義，然後再研究字。這樣做了之後，才能看《文始》。其次，《說文》的標

音是用反切，大徐本是根據《唐韻》和《廣韻》，二者差不多。紀昀的《唐韻考》把《說文》的韻作了排列（紀昀是紀曉嵐（紀昀）之父）。另外還有《說文繫傳》，徐鍇著（小徐本），其中保存了形聲系統，很有用處。

元：從一從兀。大徐本只如此，小徐本下面還有一句話，「鍇」曰，俗本有「聲」字。

晉：徐鉉著的大徐本反切「即刀切」，小徐本「朱翱切」，兩本的音切不同。小徐本是《集韻》系統，音切較可靠。

𦥔：大徐本解為「兩隹之間也，反切「方久切」。小徐本「似醉反」，小徐本切音較可靠。

《說文》中的「讀若」是許慎擬的讀音。

研究《說文》的方法要採用《文始》的方法。

正篆：把從古文一直到小篆的字體沒有變化地都包括在正篆內。正篆不一定是小篆或是古文。清代有人認為正篆就是古文，這是錯誤的。但是也不能認為完全是小篆。

對：封，從圭，從寸（手），𡳿，往上長也。

革：古文革。革，古時獸的皮叫「皮」，鳥的毛叫「革」。古時的旗有兩種：有「錯鳥革」，旗子頭兒上飾有鳥毛，「錯旄」，旄即犀牛尾，即在旗子頂上飾有犀牛尾。

白：白，從入合二。《說文》中有的是合體的字，說法不同於「從某某」或「從某從某」。一般由兩個部分合成一個字時，用「從某從某」，如「介」，從八，從人，八和人沒有關係，但「信」說「從人言」，人和言有關係。「囚」，從人在囗中，這種說法是就在形體上有關係而言的。囗音 yuán，古時稱牢獄為圜土。

白，最初的意義是「明」，最明的，古人認為無色，最明的是日光，日光無色。古時「白」字作日光講，《莊子・人間世》：「虛室生

白。」白天叫白晝。有很多帶有「白色」意思的字從「日」（字形到今天有所變化），如馬的顙，顙是腦門。「人」為何從「入」？「人」，《說文》：天地之性，最貴者也。「入」，是從上俱下也，上小擴大到下，好像太陽的光線，「入」就是日光線。「日」內，「月」外，內外象徵日月。《史記・魏其武安侯列傳》：「在日月之際。」魏其是文帝時的宰相，是文帝的內弟。武安侯是景帝的內弟，也是宰相。在朝中兩人互相排擠，最後武安侯把魏其害死，武安侯也瘋癲而死。「日」、「月」即內外也。

閒、閑：卷十二上門部。門中有月，是晚上關好門後照進月光，重文是「閑」。𨒄，古文「恒」，從月，這就證明「外」是「月」，「日」是「內」，外是「𣎼」。

二：《說文》中「二」皆作空間講，不作數位講。「合二」是說日光包括（包圍）著空間。

「小學」這個名詞產生很早，而且有變化，其來源是「三禮」。在周時，把六藝分為兩藝：一曰小藝，一曰大藝。八歲入小學學小藝焉，束髮入大學學大藝。小學學文字與數數。到漢朝，六藝就是指六經，與小學是相對的。到了漢代小學才成了六藝的附庸，是為了解經的。許慎是經學家，他著有《五經異義》，許慎認為小學是六經的附庸。邯鄲淳的《三體詩經》（隸、篆、古文），其中的古文與《說文》相合。當時講文字是為解釋經典，不認為是一門獨立的科學。到魏晉時，小學的範圍擴大把書法篆刻也算在內了。把中國文字當作藝術是魏晉南北朝的事，把藝術也歸入了小學。唐代仍是以小學來解經，顏元孫等講小學也是為解經。

講文字有正字法：（1）標準寫法；（2）可通的，可以勉強用的；（3）俗的不能用的。在六朝時是隨便用的。

「雅座」，在通俗文裏有，原是「庌」，是會餐時等人的地方，人

到齊之後再用餐。等人不能在飯座上坐著，專門有候人的座位叫「雅座」。北京話有「kēi」，就是「打」的意思，如「kēi人」。「kēi」在唐朝就有，唐朝有一個好打他弟弟的人，人們稱他為「豈（kǎi）弟君子」。「豈」就是現代的「kēi」。

到了宋代，小學的內容又恢復到周代的小藝。朱熹不懂《說文》，他說「文孝為教」。宋代不講小學，講古器物學。宋代的小學是「修身」。清朝仍叫小學，清人對六經的看法不同。漢朝認為六經就像聖經一樣，認為是最可信的文字，最可信的東西。他們認為六經是周代的「官書」，即官家推行的書。清人說「六經皆史也」，他們為了研究古書而研究文字。自宋以來，研究古書的人，沒有從小學來研究。到清代，研究鐘鼎的是今文家，他們不相信《說文》，認為全是劉歆假造的。文字學成為獨立的科學，是從章炳麟開始的。他認為文字學應該屬於語言範疇，不屬於經學，因此，他不同意「小學」這個名稱。

太炎先生說文字不是孤立講形體的，而是要研究音和義，是語言科學中的一部分。陸宗達先生認為不應把文字學從語言學中分出去。

## 二　唐蘭先生講座

文字學永遠是一門獨立的科學。文字學有很悠久的歷史，《說文解字》流傳至今有一千八百多年了。像《說文》這樣的研究文字方面的書，世界上是很少有的。六朝時有《字林》。到了唐代，更有了新的發展。秦代統一文字，是用的行政命令。北朝時造了很多新的字，北魏就有一千多個。「六朝別字」、「碑別字」，「字樣之學」（是講文字要規範化，字如何寫）。中國在隋唐時代就有了正字法。

唐朝有《開元文字音義》，如「行」字，是逐漸演變到現在的樣

子的：犰、犰、行、行。到唐朝，文字才固定下來。「孝」，自唐朝就有。文字有了標準和定型是有了刻板的原因，有了印刷體，文字的書寫就固定了。

宋朝二徐（徐鉉、徐鍇）對研究文字有很大貢獻。郭忠恕的《汗簡》主要是研究金石學，就是古文字學（六國古文）。呂大臨《考古圖·釋古》，就開始了古文字學。宋朝鄭樵研究「六書」。許慎應用六書的理論研究文字，許慎對形聲字講得很好，但指事、會意講得並不太好。鄭樵研究六書是最早的一個。某一門科學一開始難免有缺點，自鄭樵以後研究六書的人就更多了。

清朝有「經學考」、「小學考」，清朝研究《說文》的占百分之八十，清代對小學的研究很好，研究方言的也很多。漢字有缺點，但不能說它不好，世界上最老的文字之一是漢字，而且到現在還能用得很好，表達思想也很好，怎能說它不好呢？英文才不過幾百年的歷史。正因為中國有這樣的文字，所以才有文字學（別的國家也需要文字學）。古埃及、古巴比倫最初的文字和中國的文字相近，但後來死亡了，改變成拼音文字，從此也就沒有了像中國這樣的文字學。拼音文字需要文字學的程度不亞於中國需要將來建立起來的世界文字學，中國的文字學對世界起著重大的作用。拼音文字的書寫是文字學的事，不是語音學或其它學科的事。文字和語言不是一種東西，在語言中發音相同，但還需要用文字加以區別，如「书、千、羌、羌、戈」，文字有變化但語言仍是一樣，因此，我認為文字學不應該歸入語言學，文字學不是語言學的一部分，應是一門獨立的科學。語言學是研究語言的發生發展變化的規律的，文字學是研究文字發生發展變化規律的，二者之間沒有關係。有的民族還沒有文字，但是有語言。文字學要研究的東西很多，諸如文字和語言的關係、使用的方法等。中國的文字是音節的，現代漢語中單音節詞仍然很多。例如，「月亮」，現在

不說「月」，但是「一個月」、「兩個月」、「這個月」，「月」仍是單音詞。中國古代的連綿詞是複音詞，而更多是雙音節的，中國古代實用四五千字，直到現在我們認為四五千字也就很夠了。《倉頡篇》是三千零四十個字，當時也只不過就是四千個字左右。

中國文字基本上有兩種：篆文和隸書。我們現在的楷書基本上同於隸書，至於「行草」等是書法上的事，主要是書寫好看、方便、藝術。

文字的本身是文學不是白話，如「中文系」，可包括文學及語言，現在的文章要完全是文學語言，這是不可能的，外國有《文學字典》，如「請勿吸煙」，口語上不這樣說。有人主張把古文完全翻譯一下，這不對，一經翻譯就不能代表原意、風格、文學氣味。

中國文字的書寫跟用的筆很有關係，過去用毛筆，現在用硬筆了。研究漢字應研究結構體系，改成拼音文字要改變文字的體系，如在沒有文字，或有文字而很不好的民族，創造或變革文字是很容易的。我們的文字是有長久歷史的，而我們的文化是很豐富的，文字改革是不容易的，不是三年五年可以辦得到的。

中國文字的缺點是「難學、難寫、難記、難用」。漢字筆劃多是囉嗦，但簡化之後筆劃少又易混淆。外國文字也並不好學。文字學最終的目的要建立理論，文字要走什麼方向。拼音文字應有民族的特點，即音節的拼音文字。文字學最主要的工作是建立文字史，我們應有一部「文字史」、「文字學史」、「文字學理論」。漢代有人認為文字是不變的（不變論），許慎認為文字是有變化的。我們應該研究「古文字學」，「近代文字學」（理論方面、方法方面）、「比較文字學」（國內、國外、國與國之間），編寫字典。

我們研究古代的文獻、藝術、社會等，不研究文字學是不成的。殷代是奴隸社會，這主要靠文字學來研究。我們要掌握文字，首先要

學好文字學，我們學習文字學是為了文字的繼承、使用和發展。

文字和語言的關係：

《詩經》押韻的問題，《詩經》中的一小部分是武王時期的，其它的是平王以後的，約三四百年時間。顧炎武研究音韻是根據許慎《說文》來的，大部分是根據形聲字。這是周秦古音系統，再往前就沒有材料了，必須根據甲骨文。「壴、鼓、喜、鼖」，現在是四個不同的音，在古文字中則是一個，後來才分化了。文字反映語言是不錯的，文字就反映我們的母語，現在的字的不同讀法，不是根據語言來考查的，而必須根據文字，是從文字發展出來的，現在文字還是那個文字，但各地讀音不同。廣東人「糖」、「曇」不分，讀音相同。現在有的把「糖」字簡化為「秔」，從這就可以知道是哪個地方的人簡化的。文字完全反映語音是不可能的，要求文字完全符合語音也是做不到的。文字有文字的音，不能要求文字更精密地表現語音（要求接近是可以的）。

外國文字有的語根就很難找出來，中國文字的語根就很好找，語義的變化很清楚。例如，「北」，古文「)|(」，是二人相背之形，這是原義，後引申為南北的「北」。中國房子多是坐北向南的，「北」常向北，故「北方」亦作「北」，打敗仗是「敗北」，「北」原是背的意思，是「北」向後而逃也。中國字的引申義很豐富，有的字本義與現在的語義有時有很大區別，如「人民」，古代「人」是高級的人，「民」是低級的奴隸。詞彙有詞彙的色彩。

中國人不大喜歡洋話，有些外來語現在已被淘汰了，有些外國人很欣賞中國字，小字配大字，很好分類。

語法方面，甲骨文、鐘鼎文的語法，不大清楚，有的字也不認識了。

古代「朕、余、我」分得很清楚。

「叀」＝「惠」。「叀牛」、「叀北羌勿伐」、「叀婦好有子」。中國語言沒格，沒詞尾，把位置擺好了語法就出來了。外國語的位置不重要，可以顛倒。

學《說文》不研究古文字是不可以的，掌握了《說文》才有辦法去研究古文，要掌握基本詞彙。沒有《說文》的本錢不能研究甲骨文，不要精細地鑽，要基本上掌握。

無論研究古音或是今音，不外四個問題：

1 音質（音素和音系）：雙聲疊韻、聲韻的結合。

2 音量：重音、輕音，主要是聲音用力的大小。

3 音高：調的高低，主要是聲帶顫動頻率的大小、次數的多少問題。頻率大的，聲音就高，反之，就低。聲帶振動次數多的，聲音就高，反之，就低。

4 音長：聲音的長短，長元音、短元音。

這四個問題互有聯繫，調子影響音質，長短亦影響輕重，互有影響。把古音開始分部、分出系統來的是顧炎武。他的四聲講調子，入聲韻應屬於音質的概念，顧炎武把入聲韻和調子相混，沒分出入聲韻。江永看出了入聲可以分出來，但他作「古音標準」時，也沒有把這個問題提出來。

到乾、嘉時，討論入聲韻的問題，主要的是戴震，他分為二十六部。黃侃根據乾、嘉時人研究的結果總結了一下。我們研究古韻，主要是乾、嘉時的學說，後人只不過作了總結，但某些字分入某部也有所不同。

分部的標準：

1 《毛詩》的押韻。

2 以它所從的聲來確定。字從某聲。

3 由通用來確定，某字與某通用則韻亦差不多。

4 以意義來分，因為音和意義有關。

5 由漢朝人的「讀若」來分部。

# 三 語音學

語音科學的成立是在十九世紀末二十世紀初，它是從歐洲發展起來的，在語音學上所接受的遺產有二：

1 文藝復興後從希臘和拉丁文中接受了一部分遺產。這部分遺產是很可憐的，是微不足道的，語音的成就不高，不能讓現代人滿意，並且有錯誤。如希臘文「ʻd」（ha）、「ʻd」（oa），這兩個前面都有輔音，兩個輔音不同。但希臘人並沒弄清這一點，沒把不同的輔音分析出來，並誤認為輔音是附屬於元音的，只認為「ʻd」是吐氣的，並以符號「ʻ」來表示，因此「吐氣」的名稱及符號遺留至今，可以看出歐洲人從希臘和拉丁語接受的遺產是很少的。

2 從印度語中接受了一部分遺產，德國人 Müller 是印度文的專家，他接受了印度的語音學（主要是音位學）。印度的語音學成就很高，非常細密精確，直到現在也不遜色，甚至超過了希臘和拉丁語音的成就。印度文 arnsvara（章太炎譯為「獨發鼻音」），即音標〔ã〕（發音不定，在什麼樣輔音後面就發什麼音）。印度人了解這是一個音，並且了解到這個音是隨前面的輔音的變化而變化的。印度人對音位學很清楚，達到了很高的水準。

歐洲人把這兩部分遺產綜合起來才建立了語音學。

在自然科學中首先遇到的問題就是分類問題，語音學也是一樣，世界上語音很多，於是就有人想給它分類。Bell（英國人「貝爾」，發明電話的人）首先開始給語音分類。分類時輔音問題不大，根據發音部位，雙唇、舌根等部位和方法來分很容易。但在元音中就感到困

難，因為元音在發音時各部位都是靜止的，很難分出是哪個部位的音。起初他有一個企圖，輔音按器官活動來分，元音按聽覺來分。他把世界上最基本的音「i、a、u」作為典型，然後把近於「i」的音（元音）歸入「i」類，近於「u」的音歸入「u」類。

語音學家對耳朵中的構造直到現在還不十分清楚，因此在 Bell 的時代就更不清楚了，Bell 要靠聽覺區分元音也是不可能的。

Helmholls（物理學家、音學家）企圖解決元音的區別這一問題，開始用儀器來分析語音，於是母音發音的謎被他破解了。人的發音器官是很複雜的，在發一個元音時，總是發成一的組聲音。Helmholls 分析的結果是：發元音時有「基音」和「陪音」，顫動次數少的是基音，次數多的是陪音。一個人所發的元音的基音總是一樣的，所不同的是陪音有差別。發a時底下的陪音高，發e時上邊的陪音高。在發「i」和「a」時，聲帶發音是一樣的，發出之後是陪音來區別的，因此應首先了解陪音的不同。這樣一來，從聽覺來給母音分類就被推翻了。

後來，法國人 Possy、英國人 Sweet、丹麥人 Tespersen 等（19世紀的人），把母音和輔音都按部位給它們分類才解決了這一問題。他們都是教師，會的語言很多，首先他們觀察和收集材料，給材料分類而建立了語音學。

元音按聽覺分類，自 B 之後還有人作。這是在科學發達之後，依靠了 X 光，在發音時照下相片可以解決一個大概。

因此，有人就得出結論，要發同一元音不一定是同一器官的活動，這結論是根據照片得出的，因為在發相同元音時有不同的情況。

後來物理學上又發明了光譜儀，光譜儀能把看不見的東西變成看得見的東西。過去的儀器不能記錄人類複雜的聲音，但光譜儀能做到，它依靠電流的強弱發出黑光或白光，把發音照出像來。基音色

深，陪音有的深有的淺。這樣，老問題又提出來了，是否不按發音部位也可以分類。

　　世界上的語音很複雜，國際音標到現在有一百五十個左右，這是難以掌握的（國際音標起初只有六七十個），語言學家如果把世界上每一個語音都掌握並研究得很好是很難的，必須有以簡馭繁的辦法，或依靠音位學，音位學可救語音學之窮。如果一個音一個音地研究是很困難的。

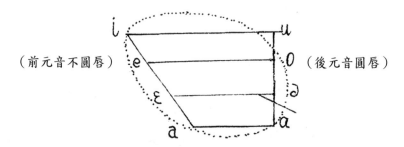

　　以上八個母音是正則母音，u、o、ɔ要圓唇，發後面的音大都圓唇。a之所以不圓唇，是因為開口太大的原因。但〔ɑ〕與〔a〕仍有圓唇與不圓唇的細微的差別。

　　輔音及半輔音（或叫半元音）w：

　　p（清音）（相對的）b（濁音）

　　m（雙唇）　　　　φ（清音）（相對的）β（濁音）（雙唇）

　　w（圓唇）

　　非正則元音七個和上面八個正則元音部位相同，不過在圓唇不圓唇上是相反的，圓唇變不圓唇，不圓唇變圓唇。

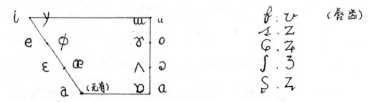

φ、t̪、θ、s、ʂ、ʃ、ɕ、x、x、h　清音
〔國際音標〕
β、ʋ、ð、z、ʐ、ʒ、ʐ、j、r、　濁音

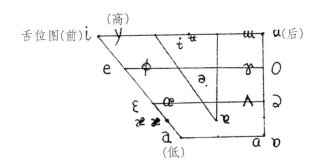

舌位图(前)　(高)　(后)

廈門話

goa　li　i　lan

gun　lin　in

laupe 父親　laubu 母親　anhiâ哥哥

ansə 嫂嫂　ɕioti 小弟　toatti 大姐

ɕiobe　kiã小孩　tapə 男人

tsabə 女人

tɕit 一　nŋ 二　sã 三　si 四

gə 五　lak 六　tɕit 七　poe 八

kau 九　tsap 十

塞擦音

t̪θ　ts　tʂ　tf　tɕ
〔國際音標〕
dð　dz　dʐ　dʒ　dʑ

陝西、山西、山東滕縣方言

Pf桌子　pf豬　pf出　pf窗

## 四　問題解答

（一）j、w、ɥ和 i、u、y 有何不同？

j、w、ɥ 發音時有摩擦，作為輔音，在音節中它不作主要的音，所發的聲音不是最響亮的。有人叫它半輔音，或半韻母、半元音。

i、u、y 發音時沒阻礙，當元音用，在音節中發音響亮。

以上二者合起來等於注音字母的 ㄧ、ㄨ、ㄩ、ㄧ、ㄨ、ㄩ 在拼音中有時作主要元音（主要成分），有時作次要的音，試比較禿 tu、天 tian。禿 tū 中，「u」是主要元音（主要成分）；天 tiān 中「i」是介音，非主要元音，而在「梯」tī 中，「i」卻是主要元音（主要成分）了。

（二）漢字為什麼沒發展成拼音文字？

在古代，單音節詞多，每個音節都代表一個意思，它所代表的客觀事物永遠和符號結合在一起，因此就不能單純用它來標音。

拼音字母總是要經過民族間的互相傳授的，如Ⱥ（ㄛ），埃及是牛頭的意思，但希臘人只用它來記音，並沒有牛頭的意思。中國始終沒有借用這外來文字，或其它民族的文字，但中國字到了朝鮮、日本就只是標音了，如日文的「伊呂」，是「色」的意思。

（三）注音字母能否作音標？

注音字母不能作音標，如注音字母 ㄋ＝ㄚㄋ，但 ㄧㄋ＝ㄧㄝㄋ≠ㄧㄚㄋ，主要是「ㄚ」受了「ㄧ」和「ㄋ」的影響而發生了變化，因此注音字母只能作音位，不能作音符來標音。

（四）音波

聲波和水波不同，聲波向上下四方傳，水波是向四方傳，「聲勢」平常說「音量」。

（五）音的不同

發 i 音時，高陪音顯著；發 u 音時，低陪音顯著；a 音是介乎二

者之間的。音的不同主要是會厭的作用，它吸收陪音，此外，口腔壁也吸收，發 u 時，吸收高陪音，所以陪音低。各種樂器的音質不同，能吸收各種不同的陪音，所以產生不同的音色。

聲的聽遠或聽近，主要是靠音量的作用，也有音高的作用在內，如黑頭和青衣的聲音，則黑頭的聲音聽遠。但一般許多同樣大小的聲音中突然有一個特別高的音，使我們覺得刺耳，可能聽得遠些，這是音高的問題，而不是音量能聽遠的主要原因。輔音聽近主要是輔音受到了阻礙，消耗了一些力量。

發音的基本共鳴器有三類：

（六）聲帶發的音是樂音，在受到種種節制時就有噪音雜在裏面。

樂音和噪音的分別，不能完全以悅耳不悅耳來區分，主要在於基音和陪音的配合。與聲帶顫動也有關係：樂音是聲帶有規律地顫動；噪音則聲帶顫動是雜亂無章的。

（七）田恭的《語音學常識》對語音的定義比過去寬。

語音的系統是音位學的任務，不是語音學的任務，關於語音的變化規律過去也不包括在內。

（八）鼻化元音是否能辨別詞義？

鼻化元音是否能辨別詞義得看是哪種語言，有的語言中鼻化元音有區別詞義的作用，有的語言不區別。北京音有鼻化但不區別詞義。廈門話，如 kwa 瓜、kwã 官、sa 沙、sã 傻是區別詞義的。

按上面的情形，廈門話有區別詞義的功能，但在漢語中鼻化音一般不區別詞義。

北京話在幾十年以前「兒」化的「兒」字單是一個音節，如「帽

兒」，近幾十年中有了變化，「兒」和前面的音緊接，成為前面的一部分，不再單成一個音節，也就是在發一個音節的同時捲舌。例如，「凳兒」〔dr̃ŋr〕，「ɣ」音鼻化，天津沒有鼻化音，在湖南、安徽南部、皖南、蘇北鼻化元音區別詞義。

法文中有：〔bō〕為「漂亮姑娘」，漂亮小夥兒〔bō〕好。

北京方言中有一個「棒」，即好的意思，據說是八國聯軍到北京時，法國軍隊駐在玻璃廠一帶，中國人以〔bõ〕為「棒」，好像是外來語。

漢語鼻化音的可能有兩點：

受後邊輔音的影響，如〔tr̃ŋr〕，「ɤ」受「ŋ」的影響發生鼻化。

受前邊輔音的影響，如〔mã〕（媽）「a」受「m」的影響發生鼻化。

（九）捲舌音

任何元音都有捲舌的可能，「i」不能卷，因為它緊接上顎，不易捲舌，捲舌時得向下落，然後卷起，所以 I 捲舌常是「ier」的音。「er」有兩種情形：

元音本身捲舌，在發元音時同時把舌卷起來，如〔hur〕（壺）。

元音後面單加捲舌音，在發元音的同時不捲舌隨後卷起來，如〔par〕（半）。比較〔par〕（半）和〔par〕（把）是不同的，「把兒」是同時捲舌。

在元朝以前「兒」是單獨存在的一個音節，元朝以後，捲舌音逐漸附著在前面音節上，不能獨立了。

（十）語音學家並不靠試驗來辨音，儀器只不過起輔助作用，沒有儀器，只靠聽覺也能成為語音學家。簡陋的儀器還不如聽覺，準確精密的儀器固然好，但只能看，並不適於教學，只靠儀器並不一定是語音學家。

凡是濁輔音夾在兩個元音中間很容易變成擦音。

（十一）輔音的音色不同是怎樣產生的？

摩擦音是由發音部位和發音方法結合而形成的音，是發音部位顫動產生的。例如，「s」輔音受共鳴器的影響遠不如元音，清輔音也受共鳴器的影響，不過人們平常不大注意它。

輔音都有發音器官的阻礙，但不能說有阻礙的就是輔音。「阻礙性」是輔音的特點，輔音一般有成阻、持阻、除阻三個階段，但在語言中受前後音的影響，可能有兩個階段：「成阻與持阻」或「持阻與除阻」，但有的語言也可能只有兩個階段。

（十二）顎化音

念一個輔音再準備念i就是顎化，俄語中謂之軟化音。

前強和後強的輔音，是說念輔音時，前面用力就是「前強」，後面用力就是「後強」。

二合元音並不是靠起始的音和最終的音組成的，而主要是靠兩個音中間的所有的音組成的，如「ai」，它是由發a到舌頭移動到i中間的一連串的音組成的。所以舌頭不移動到i的部位（不發出最後的i），也能發出二合元音，我們也聽不出它不完整。

（十三）入聲

入聲有兩個概念：

隋唐人的入聲，那時的入聲人們只知道「短促急收藏」究竟如何讀是不得而知的。

現代方言中的入聲（各方言的讀法也不相同），各方言有自己獨有的調子。例如，「石」，入聲似中平調，廣東讀「國」，「十」調如高平和低平，但是讀音短。各方言的入聲都有自己的收尾音，廣東「國」kək（高平），「得」tak（同平），「客」hak（中平），「十」sap（低平），「六」luk（低平）。有的方言，入聲有喉塞音。

全國的聲調都是從古聲調「平」、「上」、「去」、「入」而來的，各

類有清濁之分，濁輔音後面一加元音就是升調，很容易讀陽平，如〔ʑeŋ〕（人）。現在普通話，入聲字已歸入陰平、陽平、上聲、去聲中去了。

平、上、去、入的四聲，周秦時「去」聲字不多。段玉裁認為古無「去」聲，周秦時「去」、入」二聲通押，到六朝斟酌定了四聲。

## 五　漢語拼音方案字母科學體系表（黎錦熙擬）

記號說明：

1　「〔　〕」是表示：（1）此母不用（如 v，−iou），或用而未列入「聲母表」（如 −ng〔ŋ〕）；（2）一母兩用中的變讀〔如 −r，e（ㄜ），−i（幣）〕。

2　「−」是表示：（1）後必再加韻母（如「半韻母」y-，w-）；（2）前必加聲母（如 −ong），或加半韻母（如 −i，−u；只 −r 前加韻母）。

（一）聲母（共21個）

bㄅ　pㄆ　mㄇ　fㄈ〔Vㄪ〕

dㄉ　tㄊ　nㄋ　lㄌ

zㄗ　cㄘ　sㄙ

zh（ẑ）ㄓ　ch（ĉ）ㄔ　sh（ŝ）ㄕ　rㄖ〔−r−ㄦ〕

jㄐ　qㄑ　xㄒ

gㄍ　kㄎ〔−ngㄫ〕　hㄏ

說明：

1 按照「發音部位」分作六組橫排，同時按照「發音方法」分作五行直排，練習時，橫讀後還可以直讀。（關於「發音部位」和「方法」的說明，可參照「中文拼音字母發音表」。下兩表同。）

2 聲母的讀音，除用雙字母的 zh、ch、sh、〔-ng〕須照注音字母念成單音外，其餘的，如果已把「中文拼音方案」的「字母名稱表」念熟了，就可以都照字母的「名稱」來念（只有r的本音可照注音字母念，〔—r〕就照字母名稱念）。

（二）單韻母（共6個）

aㄚ  oㄛ  eㄜ  〔e（ê）ㄝ〕

〔—i幣〕

—i（y—）ㄧ  —ü（yu）ㄩ  —u（w—）ㄨ

說明：

1 也按照「標準元音」（參照「發音表」）的體系分作三組橫排：（1）「o」和「e」是一個集團（「o」圓唇，「e」就是「o」的不圓唇，所以要這樣擺）。（2）「〔—i〕」是漢語特有的「舌尖元音」（若是念不出來，可以暫照「r」念作注音字母的「日」，拉長些）。（3）「—i」、「—ü」、「—u」是「舌位高升」的元音，就是從前所謂「三介母」，依靠它來安排下表的「四呼法」的。（「—i」不圓唇，「—ü」就是「—i」的圓唇，所以要擺在一起。）

2 「y—」和「w—」是「i」和「u」的「半元音」，可以叫作半韻母。只打頭用。須照字母名稱念。

（三）帶聲韻母和複合韻母（17個＋16個，共33個）

| 開口呼₁₀ | 齊齒呼₁₀ | 撮口呼₃ | 合口呼₁₀ |
|---|---|---|---|
|  | 〔-i（yi）ㄧ〕 | 〔-ü（yu）ㄩ〕 | 〔-u（wu）ㄨ〕 |
|  | -in（yin）ㄧㄣ | -ün（yun）ㄩㄣ | -un-ㄨㄣ |
|  | -ing（ying）ㄧㄥ |  |  |
| 〔aㄚ〕 | -ia（ya）ㄧㄚ |  | -ua（wa）ㄨㄚ |

| 開口呼$_{10}$ | 齊齒呼$_{10}$ | 撮口呼$_{3}$ | 合口呼$_{10}$ |
|---|---|---|---|
| anㄢ | -ian（yan）ㄧㄢ | -üan（yuan）ㄩㄢ | -uan（wan）ㄨㄢ |
| | | | |
| angㄤ | -iang（yang）ㄧㄤ | | -uang（wang）ㄨㄤ |
| aoㄠ | -iao（yao）ㄧㄠ | | |
| aiㄞ | | | -uai（wai）ㄨㄌ |
| 〔oㄛ〕 | | | -uo（wo）ㄨㄛ |
| -ong-ㄨㄥ | -iong（yong）ㄩㄥ | | |
| ouㄡ | 〔-iou〕（you，-iu）ㄧㄡ | | |
| 〔eㄜ，ㄝ〕 | -ie（ye）ㄧㄝ | -üe（yue）ㄩㄝ | |
| enㄣ | | | 〔-uen〕（wen）ㄨㄣ |
| erㄦ | | | |
| engㄥ | | | 〔-ueng〕（weng）ㄨㄥ |
| eiㄟ | | | 〔-uei〕（wei，-ui）ㄨㄟ |

說明：

1 按照漢語語音學上的「開、齊、撮、合」四種「呼法」分作四組直排（這是漢語的特徵和語音學上的優良傳統，其中「o」是開口圓唇，不屬「合口呼」），同時按照「主要元音」分作十六行橫排（因此第（二）部分的六個「單韻母」也包括在這表中，用作提綱，以〔　〕為記），練習時，直讀後還可橫讀。

2 漢語中凡是用「韻母」打頭的字，只有 a、o、e、y、w 這五個字母，簡明好記。

3 表中 —iou、—uei 前拼聲母時，—iou 一律簡省作 —iu，

—uei一律作 —ui，都計入獨立的韻母內。下加「＝」為記。

　　4 表中都是雙拼以上的韻母，這些韻母的第二個字母，以下都是依照前面第（一）、（二）部分的字母順序排列的（所以帶聲韻母要擺在「複韻母」的上邊，因為聲母在韻母之前）。

　　5 由於第（一）、（二）部分都是「音素字母」，已按照語音學的發音體系，把注音字母的原順序更合理地改排，又擺脫了注音字母那九個「音節字母」（即ㄞ、ㄟ、ㄠ、ㄡ、ㄢ、ㄣ、ㄤ、ㄥ、ㄦ）的牽制，所以上表就能完全依照「音素字母」的順序來排列，這就可以讓沒有學過注音字母的人不再感到韻母排列的混亂。如果要依著漢字標準音系統來排列常用字，就完全依此三表的「音序」，也可以不打亂拉丁字母的音素體系，只有「—iu」（如「牛」）應降列在「—ie」（如「捏」）之後，「wu」應降列在「wei」之後。

　　6 全三表有表示「音素」的「聲母」和「韻母」共二十七個，有「帶聲」和「複合」韻母共三十三個，合共六十個單位。練習認熟，把聲母和韻母相拼，或者韻母獨立成音。（北京音系中的漢字讀音，總共只有四百一十一個基本音；再分四聲，總共就有一千二百八十四音，這就等於說，漢語標準音用拼音字母拼出來共有一千二百八十四個不同的面孔。）如果要依著「字母名稱表」的字母順序（即拉丁字母國際習慣的順序），來排列常用字，也只要記清這六十個單位，照標準音一拼就可以了。

# 後記<sup>*</sup>

　　承蒙陸昕先生鼎力相助，北京師範大學出版社出資，並派出領導、編輯、工作人員以及師傅們共同協力才得以完成此項艱苦卓絕的出版任務。說其「艱苦卓絕」，並不為過。因為此書含金量大、水準高。其名稱雖說是文字學，實際是講授經典著作《說文解字》。其內容涉及語言學、語音學；文字（包括形體）、音韻、訓詁、語法等多方面。其中，不但廣引博援之經史子集書目繁多，且含概了繁體字、簡化字、篆書、金文、甲骨文、反切、拼音字母、注音字母、國際音標，甚而外文雜糅其間。在校對、編輯、排列綱目、審稿、排版、打字、印刷等方面，工作量大，任務繁難，尤以趙月華、於樂二位老師工作之出色令人感動、欽佩，讓人難以忘懷。鑒於此，我們對北京師範大學出版社的尊敬及感激之情，實為語言所難以名狀，筆墨所難以表達。我謹代表趙芳、柴春華、鄭月蓉、葉國泉、黃海舟、劉蕙仙諸位學友，向你們致敬、致謝。

　　本書採用的是趙芳的筆記。其中，內容詳盡，語言通順，字體端正，保存完好，足見該學友態度嚴肅認真，學風謹慎縝密，堪稱吾儕楷模。此書得以面世，首功當非趙君莫屬，也是學友們共同努力的結果。

　　本人在參與校對整理期間，不無感歎與悲愴；感歎一九五七年後，由於政治運動，批判厚古薄今，導致師生（我與單澤周是陸先生

---

＊　本文為簡體版之後記。

的研究生。單兄現已作古）皆轉入現代漢語的教學，而與《說文解字》的研究失之交臂。憶及導師們如黎錦熙、陸宗達、肖璋、俞敏、葛信益等老教授均已先後駕鶴西去，悲愴與思念之情，油然而生。謹以此書，緬懷、告慰先師們。

　　本人在參與整理工作的過程中，自知水準有限，紕漏訛誤之處，希批評指正並敬請讀者見諒。


　　　　　　　　　　　　　　　　　　　　郁亞馨

　　　　　　　　　　　　　　　　二〇一二年四月

中華文化思想叢書 A0100008

# 陸宗達文字學講義

作　　者　陸宗達
整　　理　郁亞馨、趙　芳
責任編輯　蔡雅如

發 行 人　林慶彰
總 經 理　梁錦興
總 編 輯　張晏瑞
編 輯 所　萬卷樓圖書股份有限公司
臺北市羅斯福路二段 41 號 6 樓之 3
電話 (02)23216565
傳真 (02)23218698

出　　版　昌明文化有限公司
桃園市龜山區中原街 32 號
電話 (02)23216565
發　　行　萬卷樓圖書股份有限公司
臺北市羅斯福路二段 41 號 6 樓之 3
電話 (02)23216565
傳真 (02)23218698
電郵 SERVICE@WANJUAN.COM.TW

ISBN 978-986-92892-6-9

2016 年 4 月初版
定價：新臺幣 260 元

如何購買本書：

1. 轉帳購書，請透過以下帳戶
　合作金庫銀行 古亭分行
　戶名：萬卷樓圖書股份有限公司
　帳號：0877717092596

2. 網路購書，請透過萬卷樓網站
　網址 WWW.WANJUAN.COM.TW

大量購書，請直接聯繫我們，將有專人為您
服務。客服：(02)23216565 分機 610

如有缺頁、破損或裝訂錯誤，請寄回更換

國家圖書館出版品預行編目資料

陸宗達文字學講義 / 陸宗達著.郁亞馨.趙芳
整理-- 初版.-- 桃園市：昌明文化出版；臺
北市：萬卷樓發行, 2016.04
　面；　公分. -- (中華文化思想叢書)
ISBN 978-986-92892-6-9(平裝)
1.漢語文字學　2.中國文字
802.2　　　　　　　　　　105003031

本著作物經廈門墨客知識產權代理有限公司代理，由北京師範大學出版社（集團）有
限公司授權萬卷樓圖書股份有限公司出版、發行中文繁體字版版權。